Made in the USA
Coppell, TX
17 February 2026

71678156R00085

خطی از باران

(شماره‌ی ۲)

۱۷ داستان از ۱۷ نویسنده

به کوشش:

سیما غفارزاده زندی

فرامرز پورنوروز

شهریور ۱۳۹۳

عنوان: خطی از باران (شماره‌ی ۲)
مجموعه داستان
ونکوور ـ شهریور ۱۳۹۳
چاپ اول
شابک: ۹۷۸-۱۵۰۰۹۳۹۰۲۱

Ellipses of Rain (Vol. 2)
A collection of short stories
Vancouver – September 2014
First Edition
ISBN: 978-1500939021

Art and Literature Society
انجمن هنر و ادبیات

فهرست:

درآمدی از آمد- نیامدها ۵

کوچه‌ی خاطره / آذر تفضلی ۹

ساعت / آذر کیانی ۱۷

یک روزِ روشن، خیلی روشن / جواد طباطبایی ۲۳

تنها در حضور دیگران / حسن افروزی ۲۹

سیمای سخاوت / حسن عظیمی‌کُر ۳۹

شباهت سایه‌ها / حسین رادبوی ۵۳

عزرائیل / داود مرزآرا ۶۱

حیـــات / زهره بختیاری ۶۹

این زبانِ ناسازگار / سیما غفّارزاده زندی ۷۷

خواب‌های خانم ویکی / عبدالقادر بلوچ ۸۷

داستانِ ناتمام / فرامرز پورنوروز ۹۵

خُنیاگرِ غمگین / فوزیه رجبی ۱۰۱

پروانه‌ها / لیلا ده‌بزرگی ۱۰۹

گـــور / محمود فرحبخش ۱۱۷

سکوت / مرتضی مشتاقی ۱۲۳

عبور از عرض خیابان / منوچهر رضابیگی ۱۲۹

تصویرِ یک لاله / مهدی پارسی‌پور ۱۳۹

درآمدی از آمد- نیامدها

بارها شده است مثلِ کسانی که سال‌هاست می‌نویسند و از رو هم نمی‌روند، روبه‌روی هم ایستاده‌ایم و در حالی که تهِ خودکار یا مدادمان را به زیر چانه‌های‌مان فشار داده‌ایم، از همدیگر پرسیده‌ایم: «برای چه می‌نویسیم؟»

جواب‌های‌مان شباهتی به یکدیگر ندارند. یکی می‌نویسد تا کمی، قسمتی و یا کلّ جهانِ من، تو، او، ما، شما و ایشان را تغییر دهد. یکی هم می‌نویسد تا جهانی در درون و یا برونِ این جهان برای خود و یا دیگران بسازد. یکی هم شب با اندیشه‌ی تغییر جهان می‌نویسد، امّا روز از کارش پشیمان می‌شود و برمی‌گردانَدَش به حالتِ اوّل. تنها در یک نقطه مشترک‌ایم: این که کار به کارِ جهان داریم.

گاهی که حوصله‌مان از جهان‌پردازی سر می‌رود، می‌پرسیم:
«به یک سؤالِ تکراریِ ساده، پاسخ‌های تکراری‌تری دادن به چه درد می‌خورد؟ تازه، جهان هم که منتظر نمی‌ماند ما تغییرش دهیم. تا ما کمی به

خودمان بجنبیم، خودش فکری کرده‌است به حالِ خودش. پس چه کاری است که هی دم به ساعت نوکِ خودکار یا مدادمان را به اینجا و آنجای جهان فرو کنیم. بهتر نیست بگوئیم: ما می‌نویسیم تا کاری برای خودمان کرده باشیم و زیاد هم به این فکر نمی‌کنیم که ببینیم بازخوردِ آن در جهانِ ما و شما و آن‌ها چیست.»

* * * * *

خیلی وقت نیست که دور هم جمع شده‌ایم. ماه و سالش را کاری نداشته باشید. هنوز نرسیده‌ایم به مرحله‌ی تکرارهای بیهوده و یا بیهوده‌های تکراری. بیست و چند نفریم. یکی از ماها که وقت و حوصله اش بیشتر است، درست تا وقتی که حوصله‌اش از این کار سر می‌رود، می‌شود منشی. منشی که پرکارترین عضو ماست، داستان‌های ما را از طریقِ ایمیل جمع‌آوری می‌کند و سرِ ماه می‌فرستد برای همه. داستان‌ها را می‌خوانیم و به آن‌ها امتیاز می‌دهیم. منشی آن‌ها را جمع‌بندی می‌کند و داستان‌های اول تا سوم را به همراهِ جمع امتیازها اعلان می‌کند. پیشِ خودمان فکر می‌کنیم که داستان‌های برگزیده بهتر از کار درآمده‌اند. بعضی‌ها که کم‌ظرفیت‌تریم، با دُم‌هایی که از این برگزیدگی‌ها درمی‌آوریم، گردو می‌شکنیم و بعضی‌ها که دل‌نازک‌تریم و نرفته‌ایم در میانِ برگزیدگان، هی بغض جمع می‌کنیم روی بغض. البته آن که کیسه‌ی بغض‌اش از همه گنده‌تر است، فهمیده‌ترینِ ماست، چون بارها به خودش گفته‌است: «گیرِ عجب گاوهایِ داستان‌نفهمی افتاده‌ام!»

سفره‌ی امتیازبخشان که جمع شد، نقدهای خوشایند تا ناخوشایندِ دوستان می‌آید توی ایمیل‌دان‌مان. سعی می‌کنیم که بر اساس این نقدها عیبِ داستان‌های‌مان را ببینیم و آن‌ها را اصلاح کنیم.

سال که رسید به آخر، گروه سه نفره‌ای از بین خودمان، یکی از داستان‌های هر یک از ما را برمی‌گزینند، تا پس از ویرایش، در قالبِ کتابی منتشر شود.

نتیجه‌اش می‌شود: خطی *از باران*. الآن شماره‌ی دوم این کتاب پیشِ روی شماست. همین!

منوچهر رضابیگی
ونکوور – ۲۰۱۴

کوچه‌ی خاطره

آذر تفضلی

حمید با یک جعبه پر از فیلم‌های قدیمی وارد شد و آن را به دست من داد. در اسباب‌کشی مقداری از وسایلش را بذل و بخشش کرده بود و این هم سهم من بود. گفتم: «چایی حاضره.» گفت: «فقط پنج دقیقه» و نشست. با خودش بوی عجیبی به خانه آورد که دلم را آشوب کرد. استکان چای را که جلویش گذاشتم، پرسیدم: «بوی چی می‌آد؟» گفت: «چه شامه‌ی تیزی داری! کمرم صبح درد می‌کرد کلی پماد مالیدم. خودم هم کلافه‌ام.» چای را سریع خورد و رفت. پنجره را باز کردم و روی مبل نشستم.

در کوچه‌ی خودمان جای همیشگی ایستاده بودم. هر روز پس از مدرسه به سوی این کوچه پرواز می‌کردم. کوچه‌ای طولانی در یکی از محلات قدیمی کاشان، که از دو سر به دو خیابان وصل می‌شد و نسبتاً کم‌جمعیت بود چرا که در کنار بیشتر واحدهای مسکونی، کارگاه ریسندگی یا قالیبافی هم وجود داشت. دیرتر از بچه‌های دیگر راه می‌افتادم و با سرعتی که در توانم بود خودم

را به تیر قطور چراغ برق سر کوچه می‌رساندم و مثل هر دیروز و هر فردا کنارِ آن می‌ایستادم. آن ساعتِ روز از هر زمان دیگری خلوت‌تر بود. گاه زنی از ساکنین کوچه چادر به سر به منزل همسایه‌ی دیگر می‌رفت و گاه رهگذری یا دوچرخه‌سواری رد می‌شد. من تمام تلاشم این بود که توجه کسی را جلب نکنم. چون هر روز، نه هر روز، شش روز هفته در سه ماه گذشته، گلبهار از آن‌سوی کوچه از منزلشان بیرون می‌آمد، تمام طول کوچه را می‌پیمود تا در خیابان این‌طرفِ کوچـه سـوار اتوبوس شود و به کلاس کنکـور بـرود. قامتِ زیبایش در پیچ و تابی بی‌نظیر حرکت می‌کرد و جان من نیز. از لحظه‌ی پیدا شدنش، چشم می‌شدم و قلبی که از چشمانم آویخته بود و می‌تپید. خون که در باقی شبانه‌روز با تنبلی در رگ‌هایم حرکت می‌کرد و انگیزه‌ای برای رفت و آمد نداشت، با فشاری دیوانه‌وار سر تا پایم را می‌پیمود و به جاهای سفرنکرده می‌رفت. به زیر ناخن‌هایم، پوست سرم و کف پاهایم. وقتی گلبهار نزدیک می‌شد با ولعی پر از شرم نگاهش می‌کردم و ناخن‌هایم را به کف دستانم فرو می‌کردم. نمی‌دانم این تغییرات کورم می‌کرد یا بینایی‌ام را چند برابر. چرا که هیچ‌چیز و هیچ‌جا را نمی‌دیدم مگر ذرات وجود او را. دانه‌دانه تارهای مویش را، دستان قشنگش را و اندازه‌ی قدم‌هایش را. در آن دقایق، صدها عکس از زوایای مختلف برای آلبومِ خیالم می‌گرفتم که تا فردا مرا زنده نگاه دارند. از کنارم که می‌گذشت، به دیوار تکیه می‌دادم. آخر تن کوچکم کجا جای هیولای عشق را داشت... آرام با حرکتی موزون از دیدن توازن او به زمین می‌سریدم. نوک پایم را به جای پایش روی خاک کوچه می‌مالیدم، لخت و سنگین نشئه‌ی دیدارش را می‌چشیدم و تا بی‌نهایتِ خوشبختی سفر می‌کردم.

همه‌ی این حوادث عظیم در پیکرِ چهارده‌ساله‌ی من اتفاق می‌افتاد. پسر چهارده‌ساله‌ای که در چشم دیگران سیاه‌سوخته‌ی ریغویی بود با پاهایی که مادرزاد مشکل داشتند و هنگام راه رفتن به جای گذاشتن کف پا، کناره‌ی بیرونی پاهایش را بر زمین می‌گذاشت. پسر چهارده‌ساله‌ی ریغویی که وقتی

به‌دنیا آمد یکی از ناکجا دل مادرش را در مشت گرفت و فشرد و پدرش را که سرافرازِ داشتنِ دو پسر برومند اولش بود، در خود فرو برد. برادرانش را که چون دیگر بچه‌های خانواده‌های آبرومند، مطیع و سربه‌راه بودند به زدوخورد با بچه‌های محل که او را به نام‌های دور از شأن خانواده صدا می‌زدند، کشاند.

همه‌ی این مشکلات با رفتنم به مدرسه بیشتر شد به‌طوری که برادرانم ترجیح دادند در مدرسه کاملاً غریبه باشیم. معلم‌ها روزهای اول هر سال تحصیلی تحت تأثیر احساسات بشردوستانه از نیکوکاری با ضعیف‌ترها می‌گفتند و از خودشان خوششان می‌آمد ولی از هفته‌ی دوم، با گرفتاری‌های بیرون و کار زیاد مدرسه، اینگونه موارد غیرضروری فراموش می‌شد. به‌خصوص که نمرات افتخارآفرینی هم نداشتم. اصولاً توجه به من با مشکلی که داشتم، زحمت داشت پس چه در خانه و چه در مدرسه، همه با هم، بی‌کلام به نتیجه‌ی واحدی رسیدند و قراردادی نانوشته بستند که بی‌دردسرترین کار این است که نبینندم.

من ساکن این پیکر ناموزون بودم. به دیگران پیوستم و پذیرفتم که دیده نشوم. اندک‌اندک خودم هم خودم را فراموش کردم تا آن‌جا که داشتنِ آرزو و توقع یا خودنمایی و اعتراض در درونم رشد نکرد. سایه‌وار می‌زیستم و به دیده‌نشدن خو گرفتم.

در این میان، دو نفر بودند که با بقیه همراهی نمی‌کردند و بودنم را به من یادآوری می‌کردند .

یکی مادر که هر شب تا سن نه سالگی‌ام بعد از کار طاقت‌فرسای خانه، پمادی خاص را با دستان گرمش به پاهایم می‌مالید و با تخته‌هایی که دکتر روس به او داده بود آن‌ها را محکم می‌بست و مرا از خواب راحت محروم می‌کرد. سرم را به زیر لحاف می‌بردم و صدایی مثل زوزه از گلویم خارج می‌شد. او دستانش

را در آبی که گـرم کرده بود می‌شست و آرام مـوهایم و صورتم را نوازش می‌کرد و من درد ناتوانی‌اش از راست‌کردن ِیک‌ونیم سانتیمتر استخوان مچ پایم را در چشمانش می‌دیدم. مادر برایم قصه می‌گفت و همیشه گاهِ رفتن نوکِ نوکِ انگشتِ اشـاره‌اش را نشان مـی‌داد و می‌گفت: «هر شب این‌قدر پاهات درست می‌شود.» قدری آرام می‌شدم و به خواب می‌رفتم.

نفر دوم غلام، پسر دراز و بدقواره‌ی محله‌ی ما بود. او هم چهارده سال بیشتر نداشت، اما نیم متر از من بلندتر بود. بی‌دلیل از من بیزار بود. گاه برای تفریح، تنه‌ای به من می‌زد و به تمسخر خوش‌تیپ صدایم می‌کرد. من که تعادل کمی داشتم، به تلنگری پخش زمین می‌شدم و نوچه‌هایش می‌خندیدند. گاهی هم خشمی از خانه یا مدرسه با خود می‌آورد و با هل‌دادن ِمن و شامپانزه خطاب‌کردنم، آن را بیرون می‌ریخت و دلش خنک می‌شد. حواسم را جمع می‌کردم وقتی او توی کوچه بود آفتابی نشوم. آنقدر در خیابان می‌ماندم تا برود. از او به شدت می‌ترسیدم.

آن روز هوا ابری بود و ظهر کمی باران باریده بود نه آنچنان که گِل به کفش‌ها بچسبد، آنچنان که بوی خاک فضا را پوشانده بود. پای راستم از صبح درد می‌کرد و کلافه بودم. در مدرسه ماندم تا تقریباً همه‌ی دانش‌آموزان رفتند و مانند روزهای دیگر با احتیاط و اشتیاق به مأمن همیشگی‌ام، کنار تیر چراغ برق رفتم. خوشبختانه هیچ‌کس در کوچه نبود. به ته کوچه خیره شدم. سایه‌ی ابرها همه جا را خاکستری کرده بود. هیچ حرکتی نبود فقط گاهی صدای شستن ظرف، یا سروصداهای معمولی از حیاط خانه‌ها می‌آمد. از دور هلال رنگین‌کمانم پیـدا شد. گلبـهارِ زیبـای من. قلبـم شروع به تپیدن کرد. دردم فراموش شد و با هر قدمش خوشبختی قطره‌قطره به جانم ریخت. هیچ لحظه‌ای تکراری نبود. دنیای سیاه و سفیدم رنگین شد. سکوت جهان هستی را فرا گرفت و از فاصله‌ی دور صدای قدم‌هایش را می‌شنیدم. لباسی آبی به

تن داشت. کِی آسمان می‌توانست به آن زیبایی آبی باشد. به بیست متریِ من که رسید ناگهان سایه‌ای را دیدم. غلام سوار دوچرخه به طرفم می‌آمد. خودم را به تیر چراغ برق چسباندم. گویی در بهشت یک‌باره شیطان پدیدار شد. جلوی من از دوچرخه پایین پرید. گلبهار به پنج متری ما رسیده بود. غلام به‌طرف من آمد با صدای بلند گفت: «شَلو، اینجا چکار می‌کنی؟» و مشت محکمی به پشتم زد. با صورت به زمین افتادم. فقط صدای پای گلبهار را می‌شنیدم که نزدیک‌تر شد، خرامید و رفت. شانه‌هایم درد شدیدی گرفت. تنم در انقباضی ترسناک فرو رفت. صدای قهقهه‌ی غلام در گوشم پیچید. نه. در همه‌ی تنم پیچید. در عمق چاه حقارت و ناتوانی فرو رفتم. لرزه‌ی عجیبی سر تا پایم را فرا گرفت. در اوجِ ناامیدی گوشه‌چشمی به رفتنِ گلبهار انداختم. سر برگرداند و برای اولین بار لحظه‌ای نگاه‌مان تلاقی کرد. گُر گرفتم. ناگهان یکی از زمین بلندم کرد و دستانم را به پیراهن سیاه غلام قلاب کرد و او را چرخاند و محکم به دیوار کوبید. از دهانم بارانی از ناسزا و کف بیرون ریخت. چشمانم هیــچ نمی‌دید مگـر چشمـان از حـدقه‌درآمـده‌ی غلام و هیکل بی‌قواره‌اش را که پشت سر هم به دیوار کوبیده می‌شد. صداهای عجیبی از حلقومش خارج می‌شد که نمی‌دانم از تعجب بود یا از درد. بدنم هم داغ بود و هم می‌لرزید. نه غلام و نه من و نه هیچ‌کسِ دیگر نمی‌داند چه مدت طول کشید که او پایش به زمین رسید و پخش زمین شد. زوزه‌کشان دوچرخه‌اش را برداشت و پا به فرار گذاشت. برای زمانی طولانی وسط کوچه نشستم و بعد چون سردارِ فاتح غمگینی به خانه رفتم.

اکنون چهل‌وپنج سال از آن روز گذشته است. پاهایم با تلاش مادر و دکتر روس و دو جراحی پس از شانزده سالگی خوب شدند. به دانشگاه رفتم و مهندس پرواز شدم و در این سال‌ها هزاران تجربه‌ی کار و زندگی کسب کردم، ولی همیشه و هنوز، آن که غلام را به دیوار کوبید برایم اسرارآمیز باقی ماند که ماند.

ساعت

آذر کیانی

روزهایم همه مثل هم هستند. هیچ اتفاق تازه‌ای نمی‌افتد. امروز اما برایم روز خاصی است. بعد از مدت‌ها به دیدنم آمد. یک چهارپایه کوچک با خود آورده بود. با صدایی آرام که گویی می‌خواست فقط من بشنوم گفت: «سلام، دلم برات تنگ شده. نزدیک عیده، این روزها خیلی بهت فکر می‌کنم.» یک دسته گل سنبل با خود آورده بود. با دقت گل را در جای مخصوص خود گذاشت. دور و برم را تمیز کرد و روی چهارپایه نشست. کتابی از کیفش بیرون آورد. گفت: «این کتاب جدیداً چاپ شده. از نویسنده‌ی محبوب توست.» بعد با همان صدای آرام شروع به خواندن کتاب کرد. به او نگاه می‌کنم. از دیدارش لذت می‌برم. او در حال خواندن است. اسم نویسنده مرا به گذشته‌های دور می‌برد. این روزها وقتم فقط به نشخوار خاطرات گذشته می‌گذرد.

زندگی‌ام افت‌وخیز زیادی داشت. هر اتفاقی می‌افتاد، سعی من این بود که خانواده‌ام بویی از گرفتاری‌های من نبرد. تا وقتی که زنم زنده بود گه‌گاه که

زندگی خیلی بهم فشار می‌آورد برایش مختصر و مفید از شرایط می‌گفتم ولی بعد از رفتن او هیچ‌کس چیزی نمی‌دانست. در روزهای بی‌پولی خیلی چیزها را فروخته بودم ولی تنها چیزی که دلم می‌خواست همیشه نگهش دارم ساعتم بود؛ ساعتی قدیمی که یادگار پدرم بود. این ساعت برای من فقط یک ساعت نبود؛ تداعی روزهایی بود که پشتیبانی داشتم. نوستالژی روزهای خوش گذشته بود. با نگاه‌کردن به ساعتم، تاریخ زندگی‌ام و حتی اتفاقاتی که قبل از من به وقوع پیوسته بود و برایم تعریف کرده بودند جلوی چشمانم رژه می‌رفتند. یک ساعت طلای صفحه‌گرد با بند چرمی قهوه‌ای و افسوس که پسری نداشتم تا بعد از من آن را دستش کند. همیشه فکر می‌کردم نسل مردان در خانواده‌ی من از آدم بنی بشر شروع شده و به من ختم شده است.

نگاهش می‌کنم. هنوز باحوصله داستان می‌خواند. قیافه‌اش پخته‌تر به نظر می‌رسد. خطوط ریزی کمابیش دور لبانش دیده می‌شود. کتاب را می‌بندد. با همان صدای آرام اخبار روز را برایم بازگو می‌کند.

شنیدن اخبار مجدداً مرا به گذشته باز می‌گرداند. به روزی که یک خبر زندگی‌ام را دگرگون کرد. امید زیادی به یک پرونده بسته بودم. چندین ماه بود که فقط روی آن پرونده کار کرده بودم. مشتری من در آن پرونده احمد دوست قدیمی‌ام بود. همه‌ی قراردادهای من و احمد شفاهی بود و هیچ قرار مکتوبی بین ما نبود. فردای آن روز قرار بود که چک حق‌العلم را از او بگیرم. تلفن زنگ زد و به من خبر دادند که احمد سکته کرده و در جا از دنیا رفته است. غم از دست دادن دوست قدیمی با مصیبت از دست رفتن همه زحماتم دنیا را جلوی چشمانم تیره و تار کرد. نزدیک عید بود. به پول احتیاج داشتم. چاره‌ای جز فروش ساعت یادگاری پدر نداشتم. ساعت را فروختم. با از دست دادن ساعت، خاطرات تلخ‌وشیرین گذشته را هم همراهِ آن در مغازه‌ی ساعت‌فروشی گذاشتم و بیرون آمدم. خوشحالی بچه‌ها از دیدن لباس نو غم و

غصه را برایم کم‌رنگ کرد. سر سال تحویل همگی دور سفره‌ی هفت‌سین نشسته بودیم. دخترم جعبه‌ی بزرگی را که با سلیقه بسته‌بندی کرده بود به من داد. چند وقتی بود که کار می‌کرد و اولین سالی بود که با پول خودش برایم هدیه خریده بود. جعبه را باز کردم جعبه کوچکتری داخل آن بود. دومی و سومی را هم باز کردم و داخل جعبه سوم ساعتم را دیدم. نمی‌دانم از کجا این دختر کنجکاو من فهمیده بود که ساعتم را فروخته بودم. به من گفت که کارت ساعت‌فروشی را قاطیِ وسایلم پیدا کرده بود. و با پس‌انداز چندماهه‌ی خود ساعت را برایم خریده بود. اشکِ شادی امانم نمی‌داد.

اخبار را تمام کرده است. از یادآوری آن روز گریه‌ام می‌گیرد. کیفش را باز می‌کند. شیشه‌ی گلاب را بیرون می‌آورد روی سنگ می‌ریزد. دست‌هایش را روی اسمم می‌کشد. گویی که مرا نوازش می‌کند. قطره اشکی با گلاب قاطی می‌شود روی اسم من می‌نشیند. به سنگ نگاه می‌کند می‌گوید: «بابا خیلی دوستت دارم. دلم برات پر می‌زنه.» همانطور که آرام آمده بود از جایش بلند می‌شود. چهارپایه را جمع می‌کند. به ساعتش نگاه می‌کند. ساعت طلای قدیمی یادگار پدر را در دستش می‌بینم. به او می‌گویم خیلی دوستت دارم. افسوس که صدای مرا نمی‌شنود. به صدای پایش که از مزارم دور می‌شود گوش می‌کنم. ساعتش زیر نور خورشید برق می‌زند.

یک روزِ روشن، خیلی روشن

جواد طباطبایی

صبح که از خواب بیدار می‌شوم، احساس خوبی دارم. شب گذشته در نوشیدن مشروب افراط کرده بودم، ولی برخلاف گذشته سردرد ندارم. دکتر از خوردن مشروب منعم کرده بود. ولی دکترها که چیزی نمی‌فهمند. تازه، خودشان می‌خورند، به ما می‌گویند نخورید. خلاصه حال خوشی دارم. میلی به صبحانه ندارم. چون شب گذشته با لباس خوابیده بودم، دستی به موهایم می‌کشم و از خانه بیرون می‌آیم.

روز روشنی‌ست، خیلی روشن. همه‌چیز برق می‌زند؛ درختان، برگ‌ها، گل‌ها، چمن‌ها. فکر می‌کنم به‌خاطر باران دیشب باشد. از وقتی که به ونکوور آمده‌ام، یعنی از پنج ماه پیش تا به حال، این روشن‌ترین روزی است که دیده‌ام.

این‌جا با کسی دوست نیستم. البته غیر از دوست‌دختر شیلیائی‌ام. یا بهتر است بگویم، دوست‌دختر سابقم. همین پریروز از آپارتمانش بیرونم کرد و گفت که

دیگر نمی‌خواهد مرا ببیند! مگر من به او چه گفته بودم؟ فقط گفته بودم که این‌قدر نخور، مثل خرس شدی! به‌خاطر خودش این حرف را گفتم. چه‌قدر این‌ها نازک‌نارنجی هستند. من به آن مریم بیچاره، حرف‌های بدتر از این زدم، صداش درنیامد. چه‌قدر دلم برایش تنگ شده! چه دختر خوبی بود. چه‌قدر هم مرا دوست داشت. وقتی خواستگار درست و حسابی برایش آمده بود، به من التماس می‌کرد که بروم از پدرش عذرخواهی کنم. ولی من قبول نکردم. او به من توهین کرده بود، من عذرخواهی کنم؟ اما چه فرقی می‌کرد؟ من و مریم همدیگر را دوست داشتیم. می‌توانستم به خاطر او کوتاه بیایم. به هر حال مریم الان ازدواج کرده و امیدوارم خوشبخت باشد.

من بیشتر از دست خانواده و کمتر به خاطر شرایط ایران فرار کردم. بابام راه می‌رفت می‌گفت که من همسن تو بودم دوتا بچه داشتم. به من چه مربوط؟ من تازه سی‌وپنج سالم است! هنوز وقتِ ازدواجم نیست. باید بعد از چهل سالگی در مورد ازدواج فکر کرد. اصلاً مگر بچه‌دارشدن هنر است؟ اگر این‌طور باشد، سگ و خوک از ما خیلی هنرمندترند! الان هم که اصلاً امکان ازدواج ندارم. درست است که خوش‌تیپ هستم، ولی نه کار دارم و نه اجازه‌ی کار! با این پولی که دولت کانادا به من می‌دهد، فقط می‌توانم اجاره‌ی اتاقم را بدهم. پولی هم که از ایران آورده‌ام، به‌زودی تمام می‌شود. تازه، خیلی ملاحظه می‌کنم. دیشب دومین بار بود که در این پنج ماه به یک بار رفته بودم. جایتان خالی خیلی هم خوش گذشت. البته اگر خرسه بیرونم نکرده بود، به این زودی‌ها دوباره نمی‌رفتم. گور پدرش، بعضی‌ها فکر می‌کنند اگر خروس نخواند، صبح نمی‌شود. مگر قحطی دختر است؟ پسر کم است؟ آن هم پسر خوبی مثل من! توی ایران برایم سر و دست می‌شکستند. این جا شدم جهان‌سومی، فقط جهان‌سومی‌ها تحویلم می‌گیرند. یا باید با چینی‌ها بپرم یا با لاتینی‌ها.

ولی از حق نگذریم، دختر مهربانی بود. من هم حرف بدی به او زدم. هیچ دختری دوست ندارد با خرس مقایسه شود. بهتر است از او عذرخواهی کنم. این که بابای مریم نیست. در این مورد من مقصر هستم.

به پیرمردی که لبخندزنان از کنارم رد می‌شود، لبخند می‌زنم. همیشه از این که این‌ها لبخند می‌زنند، حرص می‌خوردم. ولی امروز حالم خوب است. این‌ها لبخند نزنند، کی لبخند بزند؟ قانون درست و حسابی دارند که هر روز عوض نمی‌شود. امنیت دارند. قیمت‌ها تقریباً ثابت است. نگران آینده نیستند. از همه مهم‌تر با هم مهربان‌اند.

آن‌قدر هوا خوب است که دلم می‌خواهد از این‌جا تا خانه‌ی خرسه بدوم! باز هم که گفتم خرسه؟ فارسی گفتم. او که فارسی نمی‌فهمد. به‌هرحال نباید دیگر به او توهین کنم. اتوبوس آمد. بهتر است با اتوبوس بروم که زودتر برسم. راستش دلم برایش تنگ شده است. یک پیرمرد و یک پیرزن چینی قبل از من سوار می‌شوند و کارت اتوبوس‌شان را نشان می‌دهند. راننده از پنجره بیرون را نگاه می‌کند. مطمئن است که همه بلیت دارند. من در این پنج ماه کسی را ندیده‌ام که بدون بلیت سوار شود. چند بار هم که شاهد کنترل ناگهانی بلیت‌ها در قطار و کشتی بوده‌ام، همه بلیت داشته‌اند. آن‌قدر که این‌ها قانون را رعایت می‌کنند، آدم رویش نمی‌شود که خلاف کند. این‌جا قانون برای رعایت‌کردن است. در ایران برای دور زدن!

پیرمرد و پیرزن چینی روی صندلی‌های مخصوص ناتوانان نشستند و من به انتهای اتوبوس رفتم. این ساعت روز یعنی ساعت یازده صبح، آن هم روز یک‌شنبه، اتوبوس‌ها خلوت‌اند. دین‌دارها در کلیسا هستند و ورزشکارها توی ورزشگاه یا کوهستان. عرق‌خورها هم تازه از خواب بیدار شده‌اند، یا هنوز خواب‌اند. حیف روز به این خوبی نیست که آدم توی رختخواب باشد؟

روبروی من یک پسر و دختر جوان لب تو لب هستند. یادم می‌آید که وقتی هم‌سن این‌ها بودم، با یک دختری دوست بودم که خیلی دوستش داشتم. یک روز نمی‌دیدمش نفسم به شماره می‌افتاد. یک روز با هم رفته بودیم پارک ساعی یک جای خلوت داشتیم همدیگر را می‌بوسیدیم. چشم‌های‌مان هم بسته بود. اساسی تو حال بودیم که یک دفعه با یک پس‌گردنی شوکه شدم. تا به خودمان بیائیم توی کمیته‌ی خیابان وزرا بودیم. جای کتک‌های‌شان روی تنم خوب شده ولی توی روحم باقی مانده است. ای تو روح‌شان... بعد از آن روز دیگر عشقم را ندیدم. پدرش پولدار بود. ارتباط ما را قطع کرد. بعد هم شنیدم که از ایران خارج شدند. ولی هیچ وقت از قلب من خارج نشد.

از پنجره به بیرون نگاه می‌کنم. چه‌قدر این‌جا زیباست. چه‌قدر همه آرام هستند. نه کتک‌کاری‌ای، نه حتی فحشی. وقتی هم به آن‌ها تنه می‌زنی، آن‌ها عذرخواهی می‌کنند. کاش زودتر به این‌جا آمده بودم! اتوبوس در ایستگاه توقف می‌کند. سه نفر سوار می‌شوند. یکی از آن‌ها مردی‌ست که خیلی چاق است. سه برابرِ دوست‌دختر من. اگر او خرس باشد، این دیگر چیست؟ باید هر چه زودتر از او عذرخواهی کنم. چرا دارد به طرف من می‌آید؟ نکند بلند حرف زدم شنیده، یا فکر مرا خوانده است؟ ولی من فارسی فکر کردم. او هم ایرانی نیست. ایرانی‌ها را از نگاه‌شان می‌شود شناخت. نگاه‌شان یک برق مخصوصی دارد. و یک مخلوطی از بدبینی، کنجکاوی، تیزی و هیزی توی نگاه‌شان هست که من خوب می‌شناسم. پس چه‌کار دارد؟ این‌جا که جای نشستن نیست. می‌خواهی بایستی، همان‌جا بایست. یک وقت اتوبوس ترمز کند بیافتی روی من، له می‌شوم. همین‌طور دارد می‌آید جلو! انگار می‌خواهد روی پای من بنشیند؟ همین الان از شما تعریف کردم. راست می‌گویند عروس تعریفی، صدادار از آب درمی‌آید. آقا من آن‌کاره نیستم. خجالت بکش! مگر کوری؟ من را نمی‌بینی؟ آخ، آخ، نشست روی من. ولی من چیزی حس نمی‌کنم! فلج که نیستم. پس نکند... نکند من؟...

تنها در حضور دیگران

حسن افروزی

روز بیستم ماه مارس ۲۰۱۲ است و به حساب طیبه خانم شب سال نو. از صبح علی‌الطلوع روی پای خود بند نیست، نواری از موسیقی پاپ ایرانی گذاشته و همین‌طور که کار می‌کند، تکانی نیز به خود می‌دهد. دیگر رمقی در پاهایش نمانده، ولی امروز هرچه را در توان دارد جمع کرده بلکه بتواند خانواده را حول این محـور بی‌رمق جمـع کند. در این فصـل سال گـرچه هـوای ایـران و به‌خصوص بوشهر که طیبه از آن‌جا آمده بهاری و شاید رو به گرما است، ولی در این نقطه از کره‌ی زمین آن‌هم در منطقه‌ی سردسیر کانادا هنوز خبری از بهار نیست. پنجره‌ها همه بسته است و از ترس هدر رفتن گرما و بالا رفتن صورت‌حساب گاز، پرده‌ها همچنان از نفوذ نور جلوگیری می‌کنند. طیبه خانم گاه‌گاهی از لای پرده بیرون را نگاهی می‌اندازد ولی جز آسمان ابری و گرفته چیزی به چشمش نمی‌آید.

مدام بین آشپزخانه و سالن نشیمن در رفت و آمد است، سفره‌ای گوشه‌ی سمت چپ میز پهن کرده، با سلیقه مشغول تزئین هفت‌سین است و باحوصله

گل‌ها را داخل گلدان و تخم‌مرغ‌های رنگی را داخل نعلبکی‌های گلدار می‌گذارد. گاه‌گاهی سری به آشپزخانه می‌زند و با دستکاریِ شعله‌های گاز و یا هم‌زدن مواد داخل قابلمه‌ها تسلط خود را بر تمام اجزاء خانه به رخ می‌کشد.

نگاهی به کتابخانه‌ی کوچک و محقر گوشه‌ی نشیمن انداخته، از تک‌تک اجزاء آن با مکثی کوتاه می‌گذرد. ولی روی عکس‌ها مکث می‌کند، نگاهی عمیق به عکسی دسته‌جمعی، او را به دنیای دوست‌داشتنی گذشته با همه خاطراتش می‌برد. و پس از زمانی کوتاه صدای سوت زودپز خلوتش را با تنهائی می‌شکند و او را به خود می‌آورد. هم‌زمان که به سمت آشپزخانه می‌رود، صدایش را بلند می‌کند:
«اگر بدونی چند نوع غذا برا شام درست کردم؟ برا هرکدوم از بچه‌ها همونی رو که دوست دارن. یادته هما خودش رو می‌کشت برا فسنجونِ مرغ؟ برعکس همایون لب نمی‌زد. او کله‌پاچه دوست داشت ولی هادی بچه‌ام، خدا منو بکشه، هر چی جلوش می‌ذاشتم، نه نمی‌گفت اما می‌دونستم می‌میره برا کوبیده... البته سبزی‌پلو با ماهی که جای خود داره، می‌شنوی باهات حرف می‌زنم محمود آقا؟»

به‌طرف ماشین رختشوئی می‌رود، لباس‌های شسته‌شده را برمی‌دارد، داخل خشک‌کن می‌ریزد، درب آن‌را به آرامی بسته و خشک‌کن را روشن می‌کند. با خود فکر می‌کند «چقدر کارها آسون شده. قدیما اگر این‌همه لباس داشتیم، چطور باید می‌شستیم؟» و در آنِ واحد قیافه‌ی برادر کوچکش محسن را به‌خاطر می‌آورد که در سرمای زمستان لب حوض بالای سر مادر ایستاده، می‌لرزد و منتظر است تنها پیراهنش که چند لحظه قبل شسته شده، خشک شود تا بپوشد... لبخندی بر لبانش می‌نشیند و نگاهی دوباره به قاب عکس‌ها می‌اندازد. تصویری از محسن و هادی در فضای کوهستان او را هیجان‌زده کرده، خطاب به سمت اطاق خواب با صدای بلند ادامه می‌دهد:

«یاد اون روزها به‌خیر، چه شروشوری داشتیم، چه حوصله‌ای داشتیم، یادته؟ ساعت‌ها لب دریا منتظرِ من می‌موندی بدون این‌که یه لقمه نون تو دهنت بذاری. یادته همین محسن چطور منو دنبال می‌کرد و برا این‌که خبرا رو به آقاجونم نـده تو رو سرکیسه می‌کرد؟ چـه حالی داشتیم صبـح‌های زود زیر نخل‌ها و قبل از زنگ مدرسه، خدا بگم چی‌کارت کنه مرد که منو دنبال خودت اونقدر کشوندی که سر از این‌ورِ دنیا درآوردم.»

بشقاب‌های رنگ و وارنگ را از داخل آشپزخانه آورده، یکی‌یکی و منظم گوشه‌ی دیگر میز نهارخوری گذاشته، و کنار هرکدام قاشق و چنگال و کارد و دستمالی با عشق و سلیقه‌ی تمـام می‌چیند. کمی از میـز فاصله می‌گیرد و از دور نظاره‌گرِ صحنه است. باز می‌گردد، آن‌ها را قدری جابه‌جا می‌کند و با خود فکر می‌کند «کدوم یک از بچه‌هام بالای میز بشینه که بقیه ناراحت نشن؟» و صدا می‌زند: «تو چی فکر می‌کنی؟ همایون سرِ میز بشینه یا هما؟» و فکر می‌کند «معلومه همایون، چون پسرِ بزرگتره.» بعد یادش می‌آید «اینجا بوشهر که نیست هیچ، ایران هم نیست.» و با صدای بلند می‌گوید: «بچه‌ی بزرگ خونه هماست گیرم پسر نباشه، تو هـم که همیشه می‌گفتی این دختـر از پسرها که کـم نداره هیـچ، یک سر و گـردن هم سره. حالا چـی می‌گی؟ بشقابش رو بذارم سرِ میز؟»

برای چندمین بار نگاهی به عکس‌های سیاه‌وسفید درون قاب‌ها می‌اندازد و با خود فکر می‌کند «بچه‌ها بزرگ شده‌اند، ولی برای او هنوز بچه‌اند.» و با صدای بلند ادامه می‌دهد: «خدا کنه امسال دیگه نرگس رو بیارن، خیلی دلم بـرا بچه‌ام تنگ شده. کـاشکی یه زنگ زده بـودم به همایون یادآوری کرده بودم.»

* * * * *

محمود دست کوچک هما را می‌فشارد و در حالی که به آن‌سوی خیابان می‌رود، طیبه را متوجه سرعت زیاد ماشین‌ها کرده و هم‌زمان همایون را از بغل او می‌گیرد: «اون‌طرف خیابون می‌آیی، مواظب چادرت باش، تو دست و پات نره.» نزدیک حافظیه که می‌رسند، بچه‌ها بهانه‌ی بستنی گرفته‌اند و محمود با چهار بستنی قیفی همه را دعوت به نشستن روی نیمکت کنار پیاده‌رو می‌کند. بچه‌ها بستنی را قاپیده و به بازی مشغول می‌شوند، محمود نگاهی به طیبه می‌اندازد، لبخندی می‌زند: «این هما رو می‌بینی؟ دختره، ولی همایون رو می‌کنه تو جیبش.» گوشه‌ای از بستنی‌اش را لیس می‌زند و ادامه می‌دهد: «اگر بتونم این بچه رو از دست این آدمخورا نجاتش بدم و ببرمش اون‌ورِ آب، دیگه غمی ندارم.» باز با بستنی ور می‌رود تا این‌که ته آن‌را یک تکه می‌بلعد: «همایون بالاخره مرد می‌شه، تو این مملکت می‌تونه گلیمش رو از آب بیرون بکشه، دیگه حق و حقوقش که نصف نمی‌شه، درست نمی‌گم؟» سیگاری روشن می‌کند، پکی عمیق می‌زند: «این بچه چی؟ گناه کرده دختر شده؟ نه، باید هرجوریه ببرمش بیرون.»

طیبه سر می‌گرداند، قطره اشک گوشه‌ی چشمش را پاک می‌کند، گرد و غبار روی عکس دسته‌جمعیِ کنار حافظیه را دستی می‌کشد و با صدای بلند و بغض‌آلود می‌گوید: «یادته محمود، چقدر غم این دختر رو می‌خوردی؟ چرا جوابمو نمی‌دی؟ بلند شو بیا که الان دختـر گلت از راه می‌رسه، بیا ببین چه خانمی شده؟»

* * * * *

طیبه حیران رو به سفره‌ی هفت‌سین نشسته و به‌گونه‌ای می‌نگرد که گوئی سال‌هاست در همان وضعیت خشک شده است؛ مات و با چشمانی گشاد. شاید صدائی نمی‌شنود و یا اصولاً صدائی نمی‌آید که بشنود. بلند می‌شود و تا جلوی درب آپارتمان می‌رود، بدون این‌که در را باز کند گوشش را به آن می‌چسباند تا

بداند انتظارش کی به سر رسیده و صدائی از آن پشت سکوت او را بر هم خواهد زد تا برگردد و رو به اطاق خواب با لحنی پرخاشگر بگوید: «الان چه وقت خوابیدن و خر و پف کردنه مردا؟ بلند شو تا بچه‌ها نیومدن آبی به سر و روت بزن.» صدای باز شدن درب آپارتمان انتظار طولانی او را قطع و به انتها رسانده؛ جوانی آراسته و شیک، وارد می‌شود. طیبه به طرف او برمی‌گردد: «الهی مادر فدات بشه. پس نرگس...» سخنش را نیمه‌تمام قطع می‌کند وقتی جوان با دست به او اشاره می‌کند که ساکت باشد و هم‌زمان خطاب به آن‌سوی خط تلفن و از طریق گوشی کوچکی که داخل گوشش قرار دارد می‌گوید: «به آقایون بفهمون که اون ممه رو لولو برد. اونا دیگه در موضعی نیستند که برا ما تعیین تکلیف کنن، تمـام ایـن جنسهائی رو که لیست کـردن، تو فهرست تحریماست، بنابراین قیمت رو من تعیین می‌کنم نه اونا، افتاد؟ عزت زیاد.» بعد رو می‌کند به طیبه خانم که همچنان مات و متحیر به او نگاه می‌کند: «سلام مادر. ببخشید از ایران بود، بچه‌های شرکت. شما خوبید؟»

طیبه قدری به سراپای او می‌نگرد و مجدداً می‌گوید: «همایون، عزیز دل مادر؟ حالا اون زنت می‌گی فرنگیه زبون نمی‌فهمه، نرگس رو چرا...» که همایون انگشتش را به گوشی می‌چسباند، فشار می‌آورد و به مادر می‌فهماند که باید جواب تلفنی فوری را بدهد، و همزمان خود را سریع به بالکن می‌رساند.

درب بالکن که پشت سرش بسته می‌شود، طیبه حرف‌هایش را ادامه می‌دهد، گرچه مطمئن است هیچ‌کدام به گوش او نخواهد رسید. «.... نیاوردی؟ فکر اون رو نمی‌کنی، لاقـل فکـر ما رو بکن. مگه ما غیـر از این نوه، دلخـوشی دیگه‌ای هم داریم؟»

«مادر با کی حرف می‌زنی؟» دختری جوان و شاداب در حالی که دسته گلی با خود دارد وارد می‌شود، به‌طرف طیبه می‌آید و او را می‌بوسد، در حالی که متوجه حضور همایون شده گل‌ها را به مادرش می‌دهد، کیف و حجم عظیمی

از کاغذ و کتاب را کنار میز می‌گذارد و ضمن اظهار خستگی می‌گوید: «همایونه؟... این آقا اگه زبونش رو ازش بگیرن از گرسنگی می‌میره.» تلفن دستی‌اش را از کیف درآورده همزمان که با آن ور می‌رود و پیغام‌هائی رد و بدل می‌کند: «خُب مادر جون، چه خبرا؟ از زن‌دائی محسن خبر داری؟ شنیدم امسال هم خاوران رو بسته‌اند؟ طفلکی.» با خود زمزمه می‌کند what do you imagine? و سپس در حال نوشتن می‌گوید: «قرار بود هادی هم از سوئد بیاد. پس چی شد؟» و در حالی که با خودش بلندبلند می‌خندد، چیزهائی روی گوشی تلفنش تایپ می‌کند.

تلفن همایون تمام شده، وارد سالن می‌شود. ابتدا با مینا سلام و روبوسی می‌کند و پس از ناخنکی به آجیل‌های روی میز تلفن دستی‌اش را نگاهی کرده و در مسابقه‌ای نفس‌گیر با مینا شروع به تایپ مطالبی روی صفحه‌ی گوشی می‌کند در حالی که هر از گاهی کلماتی نیز زمزمه می‌کند. «چطوری مادر؟... به‌به عجب بوی غذائی! هـر وقت می‌آم اینجـا، بـوی این غـذاها منو یـاد بچه‌گی‌هامون می‌ندازه.»

طیبـه هـر بار که از آشپـزخانه به سـالن می‌رسد، دستی به سروگوش بچه‌هـا می‌کشد و در نهایت سر صحبت را باز می‌کند: «همایون، مادر خبری از برادرت می‌گیری؟»

«آره، بی‌خبر نیستم.» و همچنان به ردوبدل کردن پیغام مشغول است.

طیبه ادامه می‌دهد: «تو چی مادر؟... مینا، با توام!» و جواب مینا کوتاه‌تر است: «آره، مادر جون.»

طیبه: «هر روز زنگ می‌زنه احوال منو می‌پرسه، طفلکی بچه‌ام اون‌ور دنیا تک و تنها مونده.»

طیبه کلامش گل می‌کند، انگار سال‌هاست که منتظر شنونده‌ای آشنا بوده باشد. شروع می‌کند به تعریف از غذاها و خاطراتی از دوران کودکی و جوانی. اما عکس‌العمل بچه‌ها در کلماتی مختصر و مصنوعی خلاصه می‌شود. «آهان، خُب، چطور مگه؟» و... انگار اصلاً صدای او را نمی‌شنوند و یا اگر می‌شنوند، تکراری است.

طیبه از جا برمی‌خیزد به قاب عکس‌های کنار کتاب‌ها نگاهی می‌اندازد، تصویر محمود آقا که دست‌دردستِ هادی پسر کوچکش قدم می‌زند توجهش را جلب می‌کند، صدایش را بلندتر کرده و ادامه می‌دهد:
«محمود آقا! بیا می‌خوام شام رو بکشم. اگر بدونی چقدر برات حرف دارم؟... چرا جواب نمی‌دی؟... نکنه تو هم از این اسباب‌بازی‌ها دستته؟»

هما و همایون نگاهی مشکوک به یکدیگر می‌اندازند و به تایپ ادامه می‌دهند. روی صفحه‌ی گوشیِ هما این کلمات نقش می‌بندد:
«خدا رحم کنه، دو مرتبه مـادر زده به سرش، تنهائی بالاخره کار خودش رو کرد.»

و روی صفحه‌ی گوشی همایون: «ببین همایون این‌دفعه دیگه نوبت توئه. باید اونو ببری پیش خودت، می‌بینی که من وقت سر خاروندن هم ندارم.»

و روی گوشی هما این جواب می‌نشیند: «خانه‌ی سالمندان رو برا همین اختراع کردن، خانم پرفسور.»

هما نگاهی پر از ترحم به مادر دارد و چشم‌غره‌ای به همایون، هم‌زمان که از جـا بلند می‌شود تا به سوی مادر برود فکر می‌کند آیا گناه دربدری خانواده خودکشی پدر، بی‌هویتی همایون، بی‌سرانجامی هادی و اختلالات روحی مادر

را به گردن هادی بیاندازد که همه را به دنبال خود به پناهندگی کشاند؟ و یا
به گردن کسانی که هادی را مجبور به فرار کردند؟

مـادر را می‌بینـد که شیشه‌ی قاب عکسی را تمیز می‌کند، به او که نزدیک
می‌شود، تصویری از پدر و دائی محسن که برادر کوچکش هادی را در میان
گرفته‌اند در دستان مادر می‌لرزد. او را بغل می‌گیرد، چند بار می‌بوسد، کلمات
را در ذهنش مرور می‌کند، جملات را زیر و رو می‌کند بلکه بتواند راهی بیابد و
مادر را به واقعیات زندگی نزدیک کند. مادر باید بفهمد که دیگر نه پدری، نه
دائی محسنی و نه هادی‌ای... زبان که باز می‌کند، طیبه دست روی دهان او
می‌گذارد و می‌گوید: «نه مادر نگو، این‌جوری راحت‌ترم، مگه حرف‌زدن من با
اونا مزاحمتی برا شما درست می‌کنه؟ اونا لااقل به حرف‌هام گوش می‌دن!» و
با صدای بلند ادامه می‌دهد: «محمود آقا، بیا که شام سرد شد.»

سیمای سخاوت

حسن عظیمی‌کُر

از راه رسید. خسته و غمگین روی مبل قدیمی روبروی تلویزیون از پا افتاد. بغضش ترکید و اشکش سرازیر شد. آرام‌آرام شورآب سوزانی از شلاله‌ی پلک‌ها روی گونه‌هایش می‌غلتید و پوست داغ صورتش را خنک می‌کرد. چشمانی باز و روشن روی صورتی افروخته و گلگون، که داشت مثل مس می‌سوخت به صفحه تلویزیون نگاه می‌کرد. بی‌هق‌هق هر چند نفسی، آب دماغش را ورمی‌کشید و با صدای خراب به خودش می‌گفت...

من آدم ساده و احمقی هستم... خیال می‌کنه من رو خریده، هی بهم سرکوفت می‌زنه و قدرتش رو به رخم می‌کشه...

آموزش آشپزی را که داشت از شبکه یکِ سیما پخش می‌شد، نمی‌دید و به آن توجهی نداشت. درمانده به دنبال تکیه‌گاهی، پیچکی را نگاه می‌کرد که زیر سقف به نرمی روی سوزن‌های فرورفته در دیوارِ رنگ‌پریده‌ی اتاق پذیرائی آویزان شده و به سمت گلدان کنج آشپزخانه خزیده و در خاک نشسته بود. موج خشمی در هم می‌پیچاندش و غوغای درونش را بیرون می‌ریخت...

زبانش را کج می‌کرد و با نفرت ادا در می‌آورد.
هی می‌گه پول من، حقوق من، اختیار من...
صدایش را مردانه و کلفت می‌کرد و از حنجره به خودش نهیب می‌زد...
من تصمیم می‌گیرم کجا بریم و چی‌کار کنیم... در کنار کی زندگی بکنیم، یا نکنیم.

از آمدنش مدتی می‌گذشت، یادش نبود که مادرش در خانه است.

محبوب خانم توی آشپزخانه ظرف‌ها را جابه‌جا می‌کرد. صدای چق‌وچق مادر، او را کمی به خودش آورد. طی این روزها، مادرش از غصه‌های او با خبر بود. از قصد داشت با قاشق و چنگال ورمی‌رفت تا موج درد و سکوت را به‌هم بریزد. برای همزبانی با دخترش مقدمه‌چینی می‌کرد.

دختر اما همچنان در خود فرو رفته، به بی‌حقی‌اش فکر می‌کرد و با ضمیرش در گفتگو بود.
پس من چی؟ آینده‌ی من چی؟
هی می‌گه نوکر و ذلیل تو که نیستم.
خوب منم کلفت و کنیز کسی نیستم.

مادر از آشپزخانه به سویش آمد و لیوان آب را دستش داد و گفت: «سیما جون، من که بهت گفتم نذار رابطه‌تون خیلی عاطفی بشه، گفتم گیر می‌افتی، نگفتم؟ گفتی نه، این دفعه فرق می‌کنه، اون پسر خوبیه، دهنمو بستی و گفتی، بس کن مامان، بچه که نیستم. ناسلامتی بیست و سه سالمه... گفتی... فعلاً یه دوستی ساده‌ست، هیچ خبری هم نیست...
دیدی یه دوستی ساده نبود. آخه من بچه‌ی خودم رو نشناسم به چه دردی می‌خورم. دلِ نازک تو زود اسیر می‌شه، مادر جون... وقتی هی برای هم گل می‌خرین و دم به ساعت با هم بیرون می‌رین و تا دیروقت با تلفن پچ‌پچ

می‌کنین، خُب معلومه که... دیگه از یه دوستی ساده گذشته. من که موهامو تو آسیاب سفید نکردم. آخه دو قدم جلوتر رو هم باید دید و یه کم سنجیده‌تر حرکت کرد. حالا ننشین تو خلوت خودت اشک بریز و زار بزن، هی با خودت حرف بزن و کلنجار برو که به من زور می‌گه و توهین می‌کنه... پاشو، پاشو برو یه خرده خرید بکن تا کمی هوات عوض بشه. درست می‌شه... صبور باش... و کمی تحمل کن...»

محبوب خانم نفس عمیقی کشید و دختر را به حال خودش گذاشت و به‌طرف پنجره رفت. پرده‌ی هال را کنار زد. ریشه‌ی آویزهای ریزباف پای پرده را روی هم پشته کرد و مثل زلف‌های پنجره پشت گوش کلید برق به قلاب آویخت. نور صورتی‌رنگ روشنی روی فرش تبریز تابید و نقش گل‌بوته‌ها زنده‌تر شد.

سیما جرعه‌ای آب نوشید و رنگ لیوان قرمز شد. نگاهی کرد و خیره به تغییر رنگ، رفت تو فکر معنای پنجره، صورت سخاوت را دورتر از خیال‌ها و خاطره‌ها بیرون کشید و گذاشت توی قاب پنجره.

سخاوت پسر بدی نبود. با سختی در یک خانواده‌ی مهاجر شهرستانی در تهران بزرگ شده بود. و سه سال‌ونیم از سیما بزرگ‌تر بود. با غرور و برومندی روی پای خودش ایستاده و در زمان خطرکردن نشان داده بود سرِ نترسی دارد.

دو سال پیش اوایل بهار، نزدیک میدان آزادی، توی ایستگاه اتوبوس، جلوی دانشگاه شریف به لاک ناخن سیما خیره شده و بی‌مقدمه رو به او گفته بود: «ببین یک مشت آدم نادان مردم رو چه جوری می‌رقصونن. بی‌صلاحیت‌ها هی ردِ صلاحیت می‌کنن.» بعدش هم سکوت کرده بود و آن‌قدر جدی به کفش‌های سیما چشم دوخته بود که سیما خیال کرده بود بند کفشش را نبسته است.

هنگام سوار شدن به اتوبوس با ایستادن جلوی فشار مسافرها، جایی باز کرده بود تا سیما به‌راحتی سوار شود، چشمش به چشمِ سیما گره خورده، و برق نگاه اعتمادبرانگیز سخی، او را گرفته بود. ایستاده در رکاب در، تاب خورده و تا پارک لاله پیچ‌پچ کرده و در دل با هم خندیده بودند. اولین خداحافظی خاطره‌ی خوشی به‌جا گذاشته بود و سیما خوشحال، که چقدر او را خوب شناخته است. مرتب و نامرتب به بهانه‌های مختلف با هم دیدار کرده و همدیگر را سنجیده و رازهای هم را شنیده، عهد و پیمان نگفته‌ای بسته بودند. و چند ماه بعد وقتی سخی در اعتراضات خیابانی از پلیس کتک مفصلی خورده و به سیما پناه آورده بود، سیما شده بود سنگ صبورش و رابطه‌شان شیرین‌تر شده بود.

یادمانده‌هایش به آخر نرسیده، مادرش محبوب خانم جلو آمد و صدای تلویزیون را بست، سیمای سخاوت از قاب پنجره پرکشید و در نارنجیِ غروب رنگ باخت و محو شد.

مادر دلسوزانه نگاهی به صورت دخترش کرد، زیر نرمه‌ی گونه‌هایش رنگ نشاطی دید. جرأت کرد و کنارش نشست و با مهربانی از او پرسید: «بگو ببینم حالا چی شده؟»

سیما رو به مادرش کرد و گفت: «راستش خیلی کلافه‌ام کرده. نمی‌تونم تحملش کنم. اصلاً می‌خوام فراموشش کنم. هنوز نمی‌دونه چی می‌خواد. بعد از این همه وقت، هنوز بین من و پدر و مادرش وامونده. تازه، آقا در فکر اصلاح اجتماع هم هست.
این آخری قرار گذاشتیم دو تایی هر چی پول در می‌آریم روی هم بذاریم و با قرض و قوله از دوست و آشنا یه آلونکی بخریم و رابطه‌مون رو به یه سرانجامی برسونیم. برای همین هم بود که سال گذشته خودمونو هلاک کردیم... روزی شونزده ساعت کار و دوندگی پس برای چی بود. تو خودت شاهد بودی، من وقت جواب سلامِ تو رو هم نداشتم... حالا، آقا حرفش رو

عوض کرده... و یه ساز دیگه می‌زنه. رفته یه وام بزرگتر از توانش گرفته... بیست‌وپنج سال آینده‌اش رو فروخته... تازه به من هم فشار می‌آره که یه قرض گنده بالا بیارم... دوتایی این پول‌ها رو بذاریم روی چس‌مثقال پول پدر و مادرش، همگی شریک بشیم، بریم یه زمین بخریم و خونه بسازیم... دوطبقه... حتماً! مامان و باباش بشن صابخونه... ما هم بشیم مستأجر، مطمئن و همیشگی... دلم می‌خواد بزنم توی سرش...
آخه چطور حالیش کنم. من اصلاً نمی‌خوام همسایه‌ی پدر و مادرش باشم. نمی‌تونم هم کار کنم و هم بدهکار بشم، هم عروس سرخونه.»

محبوب خانم چشمانش را به آرامی بست، طوری که انگار می‌خواهد روی آرزوهایش پرده بکشد.

از سیما پرسید: «اون‌ها که آدم‌های بدی نیستند.»

«من که نمی‌گم اون‌ها آدم‌های بدی‌اند. حرف خوبی و بدیِ اون‌ها نیست. من می‌خوام حریم خودمو داشته باشم. زندگی خودمو دور از نظارت این و اون بچرخونم.»

مادر کف دو دستش را روی زانوهاش فشار داد. برخاست و رفت سراغ یخچال. چند تا سیب و پرتقال را زیر شیر آب گرفت و عکس خودش را توی صفحه‌ی مات ظرفشویی نگاه کرد. خرابیِ شیر از شستشو بیزارش می‌کرد. آب از محل اتصال علم شیر به کاسه‌ی ظرفشوئی نشت می‌کرد . شیر آب را بست و دستمال آشپزخانه را دور گردن علم انداخت تا آب روی صفحه‌ی کابینت پیش نرود.

پشت به سیما گفت: «خُب دخترم اگر خانواده‌اش سهم خودشون رو بدن چه اشکالی داره. شما دو تا جوان به تنهایی که نمی‌تونین خونه بخرین. زندگی تو

مجتمع آپارتمانی هم که زیر نظارت همسایه‌هاست. چه فرقی می‌کنه. هر روز صبح تا شب باید با پنجاه نفر سلام‌وعلیک بکنی و از احوال زارشون بپرسی. با این اوضاع گرونی، حالا دیگه مردم باید هم، قبیله‌ای جمع بشن تا بتونن یه سرپناهی بخرن. فکر خودت رو با این حرف‌ها آشفته نکن. تا جوان هستین بهار زندگی‌تونو خراب نکنین. سخت نگیرین. کمتر با هم جروبحث کنین.»

در حالی‌که آب دست‌هایش را با حوله‌ی کنار گاز خشک می‌کرد، شعله‌ی آن را کم کرد و ادامه داد: «مادر جون، آدم به خاطر پول و مال دنیا که رابطه‌اش رو به‌هم نمی‌زنه.»

سیما آزرده از جانب‌داری مادرش، داغ‌تر شد و جواب داد: «من می‌خوام یه زندگی مشترک خانوادگی داشته باشم. نمی‌خوام که شرکت سهامی باز کنم. من که نمی‌خوام به پدر و مادرش بی‌احترامی کنم. چه‌جوری بگم، نمی‌تونم. زندگی زیر یه سقف، همه با هم و داشتن فامیل بزرگ توی یک خونه‌ی کوچیک، اون هم تو جهنمی مثل تهرون با زندگی شهری سازگار نیست.»

مادر میوه‌ها را آورد و توی میوه‌خوری جلوی سیما روی هم چید. خشم سیما امان نشستن نداد. نمک‌دان خالی را برای پرکردن نمک برداشت و با کناررفتن از تیررسِ نگاه او در حالی‌که دور می‌شد با صدای قرص‌تری که افروخته‌گی‌اش را نمایان می‌کرد، گفت: «مثل بابات لجباز و یک‌دنده هستی. من نمی‌دونم توی این دانشگاه کِی می‌خوان درس فروتنی به شما یاد بدن. بی‌دلیل نیست که می‌گن نسل جوان دانشگاه می‌ره که سرکشی و سنت‌شکنی رو یاد بگیره. آدم نمی‌شه که هر روز به نگاهی عاشق بشه و به بهانه‌ای فارغ. با پسرهای قبلی هم همین رفتار رو کردی، این‌قدر خودخواه نباش دخترم، کمی هم به خودت نگاه کن. زندگی خون دل خوردنه عزیزم. هیچ فردای بهتری هم پیش رو نیست. اگه از من بپرسی، من می‌گم سخاوت آدم فداکار و باگذشتیه، دلسوزه و مراقب پدر و مادرشه، آخه کجای این رفتار ایراد داره.

تحصیل‌کرده‌ست... حرف حساب سرش می‌شه... بنشینین با هم حرف بزنین و سنگ دلتـون رو وا بکنین... به آینـده امیـدوار باشین و پشت همو نگه دارین.»

سیما دستهایش را جلو سینه‌اش در هم قلاب کرده و رو به مادرش با سینه‌ای بادکرده جواب داد: «مادر جون، آدم یک‌دنده و غُدیه و نمی‌شه باهاش حرف زد. حرف، حرفِ خودشـه. من می‌گـم روزه، اون می‌گـه شبـه... گـوش نمی‌ده...»

محبوب خانم پاسخ داد: «مادر جون، تو هم کم از اون نداری، خُب هر چی اون می‌گه، تو گوش کن... دنیا زیر و رو نمی‌شه که...» سیما گفت: «زور می‌گه، می‌گه تو نمی‌فهمی.»

مادر گفت: «حرف حسابش چیه؟ دلیلش چیه؟»

سیما جواب داد: «هیچی، می‌گه وقت نداریم و خیلی فس‌وفس کنیم، همین فرصت هم از دست می‌ره. می‌گه پول داره بی‌ارزش می‌شه... قیمت بازار که منتظر و معطل من و تو نیست. سوار موج اینترنت با سرعت نور داره حرکت می‌کنه... اگه الان نجنبیم، فردا با این پول و درآمد حتی آپارتمان هم نمی‌تونیم رهن کنیم. آقا هول شده، ترسیده و اخبار تلویزیون رو باور کرده، می‌گه ما در آستانه‌ی یک بحران اقتصادی هستیم. خیال می‌کنه من از پشت کوه اومدم. می‌گم بابا من فارغ‌التحصیل رشته‌ی اقتصادم، تو چی می‌گی؟ حـالا خـوبه هنروادبیات خونده... اگر اقتصاد می‌خوند، چه خاکی باید سر می‌کردم... می‌گه لیسانس تو برا قاب‌گرفتن خوبه. توی این مملکت قوانین اقتصاد کار نمی‌کنه.»

مادر دو تا چنگال گذاشت توی پیش‌دستی، و ظرف میوه‌ها را به سوی او هل داد و گفت: «خُب مـادر جون، یه جورایی راست می‌گه، اونـم آدم پپه و دست‌وپاچلفتی‌ای که نیست، یادت رفته آقای مقصودی سرِ فروش این فرش تبریز چه کلاهی داشت سر ما می‌ذاشت. اگه اون بازار فرش رو زیر پا نمی‌ذاشت و قیمت فرش رو درنمی‌آورد، ما باید هنوز قسط می‌دادیم. تازه منت‌دارِ آقای مقصودی بی‌وجدان هم بودیم. خُب اونم تحصیل‌کرده‌ست و به اندازه‌ی خودش سرد و گرم چشیده، شاید هم بیشتر از تو توی جماعت بور خورده و یه چیزهایی رو می‌بینه که تو نمی‌بینی.»

پوست صورت سیما که از رد پای اشک‌های خشک‌شده نقاشی شده بود، داشت جمع می‌شد. حس می‌کرد سخی صورتش را میان دو کف دست گرفته و با عشق و خشونتی درهم‌آمیخته فشار می‌دهد. هم لذت می‌بُرد و هم زجر می‌کشید و تقلا می‌کرد صورتش را رها کند. یاد بچگی به حافظه‌اش هجوم می‌آورد. وقتی پدرش زور می‌گفت و حرفش را نمی‌فهمید، به تاریکیِ کمد لباس پناه می‌برد و ساعت‌ها خودش را قایم می‌کرد. متحیر به صفحه‌ی بی‌صدای تلویزیون چشم دوخته بود. تصاویر هولناک جنگ سوریه در ساعت خبر جای آموزش آشپزی را گرفته بود. پیکرهای تکه‌پاره‌شده‌ی آدم‌ها را ردیف تا ردیف در کیسه‌های پلاستیکی کنار هم چیده بودند. همدلیِ انسانی فقط در کمک به جابه‌جایی مرده‌ها ادامه داشت، مثل دیگر عادت‌های روزانه، تصاویر از جلوی چشمانش با سرعت می‌پریدند. و انگار وجدانش خاموش و سرد شده بود. صداهایی را می‌شنید که با تصاویر مقابلش ناخوانا بود. گوشش به صدای دیگری محتاج بود. صورت سخت و مصمم سخی در فاصله‌ی تصاویر از شبکه‌ی نخاعی مغزش به پرده چشمش مخابره می‌شد و با دیگر تصاویر به شکلی مخدوش به نمایش درمی‌آمد. رنگ‌های آبی در شیشه‌ی جام جهان‌نما رنگ می‌باختند و بعـد از زردشدن به سـرخی می‌گرائیدند و سیاه و ناپدید می‌شدند.

مردی جوان خیلی جدی با زبانی تلخ و چشمانی نگران، با اعتمادبه‌نفس بالا روبرویش ایستاده بود و تکرار می‌کرد: «تو نمی‌فهمی... تو حق نداری...»

مات و معصوم در مقابل این مرد که باید دوستش می‌داشت مانده بود که حق چیست که او نداشت؟ آیا می‌خواست شریک زندگی کسی شود که یادآور بی‌حقی‌اش باشد؟

تنهایی و بی‌کسی را در زندگی مادرش بعد از جدایی دیده و چشیده بود. و باور کرده بود که در کنار سخی این تنهایی پایان می‌گیرد. در بگومگوها کوتاه آمده و دندان روی جگر گذاشته بود تا مزه‌ی یگانگی را بچشد. و چشیده بود. و چه شیرین بود. تربیت و داوری زمانه به او آموخته بود که ظرفیت تحمل و سازگاری‌اش را باید افزایش دهد. اما، زمانی که سخی رختخواب مادر خودش را جای بهتری پهن کرده بود، به شک افتاده بود. پس از تسلیم، بی‌حقی گریبانش را گرفته و یگانگی برایش از مزه افتاده بود. پیچک سحرانگیز اطاعت دورِ دست و پایش پیچیده و رشد کرده، فرمانبری هر روز شاخ و برگ بیشتری درمی‌آورد. سایه‌ی عروسکی که در تمام دوران کودکی رازهای پنهانش را شنیده بود، از تاریکی وجودش بیرون آمده و سؤال‌پیچش می‌کرد که تا کجا باید خم شد؟ چرا آسایش از پسِ تسلیم می‌آید؟ صدای جان‌دادنِ عشق را که زیر پای فقر له می‌شد و در مقابل حسابگری عقل روزمره پرخاش می‌کرد به خوبی می‌شنید.

فریادی در سینه‌اش می‌غرید، لعنت بر این پول، لعنت بر این پول نکبتی. تا زمانی‌که حرفش در میان نبود، همه‌چیز خوب و شیرین بود. درست و غلطی در کار نبود. چه روزهای خوشی بود. مثل دوران بچگی، آدم یادش می‌رفت که زمان چه‌طور می‌گذشت.

اولین بار هنگام بیرون آمدن از رستوران شالیزار در شهرک گلستان بعد از سپری‌کردن یک روز خوش و خاطره‌انگیز، خودش را از سخی جلوتر انداخته بود و دست توی کیفش برده بود تا پول غذا را بپردازد. اما دست نیرومند سخی بازویش را چلانده بود، او را عقب زده و با رضایت و لبخندِ صندوق‌دار پول غذا را حساب کرده بود. و به عشق در گوشش خوانده بود: «وقتی با من بیرون می‌آیی حق نداری دست تو جیبت کنی..»

سخاوتمندی شیرین دیروز، اکنون واژگون شده و در خرید خانه‌ی همگانی معنای دیگری می‌داد. رشته‌ی امور از دستش رها شده بود. آن لطف و صفا دیگر به چشمش زیبا نمی‌آمد. باید خودش را با پدر و مادر سخاوت هم سازگار می‌کرد. سرنوشتی ناخواسته تلخی جان‌سوزی را به کامش می‌ریخت. احساس ناچیزی و بی‌حقی زیر پوستش می‌دوید و استخوانش را هم می‌سوزاند. بی‌دفاع شده بود و از هر رابطه‌ای می‌هراسید. وجودش را تهی‌شده می‌پنداشت. و ناامید دنبال تکیه‌گاه محکمی می‌گشت.

معمای زندگی کلاف سردرگمی شده بود. چه با تکیه‌گاهی به نام سخی و چه بدون او. انگار در انتهای بن‌بست تاریکی تنها و بی‌کس مانده بود و کسی به دادش نمی‌رسید.

صدای تلفن دستی‌اش برای چندمین بار سکوت سنگین اتاق را پس زد. محبوب خانم گوش تیز کرد و به کمکش آمد. و با اشاره‌ی چشم به ملایمت گفت جواب تلفن را بدهد. سطل کوچک و تمیز آشغال در دستش می‌جنبید. خودش را جای مادر سخاوت می‌دید. و می‌دانست که سخی هم در آن‌طرف خط، با چه آشوب و غوغای درونی‌ای دارد کلنجار می‌رود.

سیما پاسخ سلام سخی را با دلمردگی به زبان آورد. طوری که خودش هم به سختی صدای خودش را شنید. مادرش نفس در سینه حبس کرده، گوش

ایستاده بود. آینده‌ی دخترش را به مویی بند می‌دید. صدای آرام و غریب سخی با ضعف پرسید: «بالاخره چی‌کار می‌خوای بکنی؟ برای این راه سخت و دراز همسفر من هستی یا نه؟» تردید تمام وجود سیما را فراگرفته بود. چشمش پرآب شد و راه ورود روشنایی را بست. غرور زبانش را هدایت می‌کرد. کلامش به کام چسبیده بود و درنمی‌آمد. سکوت سنگین و توقف طولانی زمان، با پرسش مجدد سخاوت شکست: «چی می‌گی؟ آره یا نه؟»

مادر به دهان دختر زل زده و جرأت اظهار نظر نداشت. دختر مغرور و لجبازش را خوب می‌شناخت و اخلاق او را قبلاً امتحان کرده و سرکوفت شنیده بود. «تو اگر راست می‌گی، چرا جدا شـدی و بابا رو نگـه نداشتی؟» دلش نمی‌خواست بعد از این‌همه رؤیاهای شیرین یک‌بار دیگر شکست دخترش را ببیند.

زبان سیما بی‌اراده به حرکت درآمد و با اطمینان گفت: «نه. من دیگه بیشتر از این نمی‌تونم ادامه بدم. ما برای هم مناسب نیستیم. تو راه خودت رو برو و بذار منم به درد خودم برسم.» ته دلش می‌خواست سخاوت مثل اوائل آشنایی زبان بریزد و نازش را بکشد. ولی گذشت زمان خیلی چیزها را عوض کرده بود.

صدای سرد و بی‌روح سخی پرسید: «این حرف آخرته؟»

سیما در حالی که با نخ دررفته‌ی بلوزش بازی می‌کرد و با اطمینانی که سر کلاف را پیدا کرده باشد، پاسخ داد: «آره.»

سخی ساکت شد. واژه‌ی «می‌دونی...» در هوا ول شد. تلفن دستی را بست و نخ پیراهنش را که زیادی کشیده بود پاره کرد. خستگی چند سال پیکر جوانش را در هم می‌کوفت و دستانش آویزان‌تر از پیش بالا نمی‌آمدند.

ابروی تعجب محبوب خانم بالا مانده و با چشم‌های گشاد، متحیر بالای سر سیما ساکت ایستاده بود. شیارهای پیشانی‌اش عمیق‌تر به چشم می‌آمد. به سختی خم شد، پوست میوه‌ها را همراه با سیب نیم‌خورده به درون ظرف آشغال ریخت. بی‌نگاهی به سیمای دخترش به او پشت کرد. خودش را آهسته و آرام به طرف آشپزخانه کشید.

سیما در حال خواب و بیداری کرخت شده به تصویر ساکت تلویزیون چشم دوخته بود. سریال خنده‌دار خانواده‌ی خوشبخت شروع شده بود. رؤیای رهایی در تیرگی غروب پشت پنجره، خیال سیما را به بازی گرفته و به دوران کودکی برده بود.

شباهتِ سایه‌ها

حسین رادبوی

دختر کف دستهایش را به شیشه چسبانده بود و داشت نگاه می‌کرد. پسر او را از پشت بغـل کرده و در حال و هوای خودش بود. لحظاتی به سکوت گذشت. انتظار داشتم هر چه زودتر راهشان را بگیرند و بروند اما هنوز آن‌جا بودند. دست از کار کشیدم و نگـاه‌شان کردم. دختر، نیم‌تنـه‌ای سفیـد و دامنِ کوتاهِ قرمزی پوشیده بود. در همان نگاه اول، سروسینه‌ی لُختش توجه هر بیننده‌ای را جلب می‌کرد. پسر، سرگرمِ ناز و نوازش او بود. دختر با چهره‌ای مهربان و تبسمی بر لب، همچنان داشت نگاهم می‌کرد. انگار می‌خواست بگوید «در این شبِ آخر هفته که هر کسی در کارِ عیش و نوش است، تو به چه کارِ بیهوده‌ای مشغولی.» شاید هم یاد و خاطره‌ای از پدرش و یا کسی دیگر در ذهن او چنگ انداخته بود. کمی از شیشه فاصله گرفت و کف انگشتانش را به روی لب‌هایش که غنچه کرده بود، گذاشت و بوسه‌ای فرستاد. تی، همچنان در دستم مانده بود و داشتم نگاهش می‌کردم. دست و دلم از ادامه‌ی کار سرد

شده بود. حس کردم در دنیا هیچ کاری بدتر از تی کشیدن نیست. پسر که انگار غیر از دختر، هیچ کس دیگری را نمی‌دید، او را در آغوش گرفت و بُرد. نگاهم به دنبالشان ماند و تا جایی که دیده می‌شدند، دختر برایم دست تکان داد. بدمست دیگری با دستگیره‌ی در کلنجار رفت، در قفل بود. اشاره کردم که تعطیل است. دوباره، تی به حرکت افتاد و خانه‌های سفید و قرمز کف مغازه را به بازی گرفت و مرا هم با خود بُرد، از خانه‌ای به خانه‌ای و از خیالی به خاطره‌ای.

«ببین پسرم، اینجا اتاقِ رئیس شرکته و هزار تا خرت و پرت توشه. اصلاً این تو نیا و به چیزی دست نزن.»

چطور می‌شد توی آن اتاق نرفت و به آن‌همه چیزهای عجیب و غریب نگاهی نکرد! انگار که فکرم را خوانده باشد، دستم را گرفت و همه‌ی آن‌ها را نشانم داد. وسط اتاق میز چوبی بزرگی قرار داشت. سراسر روی میز را شیشه‌ی ضخیمی پوشانده بود. زیر شیشه عکس‌های زیادی بود و روی دیوار، قاب عکس خوشگلی از شاه چسبانده بودند که لنگه‌ی آن عکس را در هیچ‌یک از کتاب‌های درسی ندیده بودم. پشت میز، صندلی چرمی بزرگ و بلندی قرار داشت که اگر من و بابام روی آن می‌نشستیم، برای خواهرم آرزو هم جا می‌ماند.

«بابا، می‌شه یه دِیقه روی این صندلی بشینم؟»

نخواست نه بگوید، بلندم کرد و روی صندلی نشاند و چند دور آن را چرخاند. صدای جیغ و داد و خنده‌های من که بلند شد، بغلم کرد و خودش روی صندلی نشست.

«بسه دیگه پسرم، بیا برو تا به کارهام برسم.»

«بابا بذار منم تی بکشم تا زودتر تموم بشه.»

«نه پسرم، تی سنگینه، خسته می‌شی.»

دسته‌ی دراز تی را گرفتم و در گوشه‌ای از سالن به این‌سو و آن‌سو کشیدمش. راست می‌گفت، سنگین بود. دلش نیامد بیشتر ادامه دهم. تی را از من گرفت و خودش با قدرت و مهارت، به چپ و راست حرکتش داد. من هم کناری ایستادم و به سایه‌ی پدرم که بر کف اتاق می‌افتاد و شکل‌های عجیب و خنده‌داری پیدا می‌کرد، نگاه کردم. سرگرم سایه‌ها بودم که پدرم فکر کرد حوصله‌ام سر رفته است.

«اصلاً بیا یه کاری بکن. از پشت این پنجره، هرچی ماشین سفید می‌بینی بِشمُر. ببین چند تا ماشین سفید از این خیابون رد می‌شه.»

«بابا، یه ماشین قرمز برام می‌خری؟»

«آره پسرم، می‌دم یه خوشگلشو برات ببافن.»

این جواب را زیاد شنیده بودم. کوچکتر که بودم، زود قانع می‌شدم و مدت‌ها انتظار می‌کشیدم تا مثلاً دوچرخه‌ام بافته شود، که نمی‌شد. بابام فکر می‌کرد که من هنوز بچه‌ام. حوصله‌ی شمُردن هیچ ماشینی را هم نداشتم. داشتم به روز بعد که اول هفته بود، فکر می‌کردم. کاش مجبور نبودم به مدرسه بروم.

«بابا من ایستَمیرم مدرسیه گِدم.[۱] »

«نیه بابا؟[۲] »

«بابا، چرا اصلاً اومدیم تهران؟»

«پسرم ما خودمونو به آب و آتیش زدیم و اومدیم اینجا تا شما خوشبخت بشید.»

«نه، اونجا بهتر بود. من وقتی اونجا حرف می‌زدم، کسی منو مسخره نمی‌کرد، نمی‌خندید. تازه تو خودت هم رئیس بودی و مجبور نبودی از این کارها بکنی.»

---

[۱]– بابا من نمی‌خوام برم مدرسه.

[۲]– چرا بابا؟

او از روی صندلی رئیس بلند شد و مرا بغل کرد و گفت: «پسرم، من اینجا هم رئیسم و هرکاری که تو دوست داشته باشی انجام می‌دم و از هیچ‌کس هم نمی‌ترسم.»
«بابا شوخی نکن، من می‌گم اصلاً نباید می‌اومدیم. من از اینجا خوشم نمی‌آد. توی مدرسه یه دوست خوب ندارم، توی محل هم همینطور. تازه اگه هم داشته باشم، زبونشونو بلد نیستم. نمی‌فهمم چی می‌گن. همه به من یه جوری نگاه می‌کنن.»

پدرم بعد از مکث کوتاهی گفت: «ما اومدیم اینجا تا تو و خواهرت آینده‌ی بهتری داشته باشید. مدرسه‌های خوب، دانشگاه‌های خوب برید. خیالت راحت باشه پسرم، همه‌چی درست می‌شه و همین‌جا هم یه عالمه دوست پیدا می‌کنی. خُب حالا اگه یه کمی هم صبر کنی، من کارم تموم می‌شه و با هم می‌ریم سینما.»

هنوز پشت پیشخوان را تی نکشیده بودم و قبل از آن می‌بایست ظرف و ظروف را می‌شستم و پول داخل صندوق را می‌شمردم و جابه‌جا می‌کردم. مشغول کار که می‌شدم، گذر زمان را حس نمی‌کردم. کمی بعد تلفن زنگ خورد. احتمال دادم صاحب مغازه باشد که زنگ زده از فروش روزانه بپرسد، اما پسرم بود. صبح روز بعد که شنبه بود، باید به سراغش می‌رفتم تا تعطیلی آخر هفته را با هم بگذرانیم. زنگ زده بود بپرسد اگر ممکن است همان شب بعد از بستن مغازه، او را با خودم به خانه ببرم. قبول کردم.

دست به‌کار شدم تا هر چه زودتر سر و تهِ کارهای باقی مانده را هم بیاورم. شمردن پول‌ها و شستن ظرف‌ها را تمام کرده بودم و داشتم پشت پیشخوان را تی می‌کشیدم که تقه‌ای به شیشه خورد، پسرم بود که با پهنای چهره‌اش می‌خندید. خوشحال بود که می‌تواند یک شب بیشتر در خانه‌ی من بماند. در را که باز کردم، خودش را در آغوشم انداخت. انگار مدت‌ها مرا ندیده بود.

بدون این‌که حرفی بزند، لحظاتی در آغوشم ماند، بعد به مادرش که هنوز پشت شیشه ایستاده بود، دست تکان داد و به‌طرف یخچال نوشابه‌ها رفت.

«خُب پسرم، نوشابه‌ات رو وردار و بیا اینجا بشین، یه پیتزای خوب هم برات کنار گذاشتم. منم هر چه زودتر کارمو تموم می‌کنم تا بریم خونه.»

در حالی که قیافه‌ای جدی گرفته بود، گفت: «بابا قرار نیست بریم خونه، مگه یادت رفته؟»

صورتش پُر از خنده شد، وقتی گفتم: «راست می‌گی بابا، اول باید برای تو گِیم کرایه کنیم.»

«بابا بذار منم تی بکشم تا زودتر تموم بشه.»

دسته‌ی دراز تی را گرفت و به این‌سو و آن‌سو کشید. من هم کناری ایستادم و تماشایش کردم. سایه‌ی پسرم که بر کف مغازه می‌افتاد، چقدر شبیه سایه‌ی پدرم بود. تی سنگین بود، دلم نیامد بیشتر ادامه دهد...

عزرائیل

داود مرزآرا

حاج غلام را همه می‌شناسند. از بروبچه‌های درکه و اوین گرفته تا سرآسیاب و فرودگاه مهرآباد. چون خودش را غلامِ امام رضا می‌داند، حداقل سالی یک‌بار به پابوس می‌رود.

چند وقت است که از نظر جسمانی و روانی حالش خوب نیست. این‌طور که دکترها می‌گویند، همین روزها باید غزلِ خداحافظی را بخواند. دیشب که به دیدنش رفتم، چند نفری در خانه‌اش بودند.

همه را می‌شناختم غیر از یکی دو نفر. با ورود من، همه برای لحظه‌ای نیم‌خیز شدند، جواب سلامم را دادند و دوباره پهن شدند سرِجایشان. حاج غلام توی تختش بالای اطاق دراز کشیده بود. موهایش خیس عرق بود. زیر چشم‌هایش به کبودی می‌زد. کنارش که نشستم، چشم‌هایش را باز کرد. سعی کرد کمی جابه‌جا بشود. مرتضی فرفره که طرف دیگر نشسته بود با هیکل چاق و سنگینش روی دو زانو بلند شد و یک بالش دیگر گذاشت پشت سرش تا بتواند نیم‌نشسته راحت‌تر نفس بکشد. حاج غلام با دست اشاره کرد تا گوشم را نزدیک دهانش

ببرم. پرسید: «انجام شد؟» گفتم: «بله خیالتون راحت باشه.» محمدحسین، پسر حاج غلام که با سینی چای وارد شد، به من سلام کرد و یک چای جلویم گذاشت. نگاهم که کرد، رنگش پرید و دستش لرزید بهطوری که نزدیک بود سینی چای از دستش بیافتد. دستش را گرفتم و نشاندمش روبروی خودم. بلافاصله پرسید: «عمو عزت، چرا انقدر دست شما سرده؟» او مرا عمو صدا میزند. چندشش شده بود، خودش را کمی عقب کشید و دستش را از توی دستم درآورد. آهسته به او گفتم: «چند تا ورقه هست که شما و پدر باید امضاء کنید. اما حالا باشد برای آخر شب.» سری تکان داد و سپس سینی چای را گرفت جلوی بقیه که دور تا دور نشسته بودند. گاهی برمیگشت و زیرچشمی نگاهم میکرد. بعضیها را که نمیشناختم، آمده بودند استخاره بگیرند. من دیر رسیده بودم، متوجه شدم هرکدام از رفقای حاج غلام خاطراتی را دارند تعریف میکنند و میخندند. اصغر سهکله که حالا طاس شده بود و دیگر از آن موهای مجعد چهل سال پیش که سهطبقه درست میکرد خبری نبود، به من اشاره کرد و گفت: «آخه داداش، این رسمشه؟ آدم باید انقدر دیر به دیدن باجناقش بیاد؟»

گفتم: «حاج اصغر، از شما چه پنهان دیشب دیروقت رسیدم. بلافاصله امروز اومدم خدمتشون.»

«ای ولا، اونور آب خوش میگذره، آقا عزت؟ بگی نگی قیافتم یه کم عوض شده.»

گفتم: «حاج اصغر، پیر شدیم دیگه.»

«کیه که پیر نمیشه داداش. راسی شنیدی میگن ژیان ماشین نمیشه، باجناق هم فامیل نمیشه. ولی عزرائیل میشه؟»

همه از این حرف زدند زیر خنده.

و بعد رو کرد به بقیه و ادامه داد: «آره داشتم میگفتم، اون موقعها که حاج غلام رو شاه غلام صدا میکردن، یه روز تو خیابون سلسبیل تیر چراغ برقو میندازه جلوی اتوبوسِ جواد گامبو. اونو از پشت فرمون میکشه پائین و تا میخوره میزنتش. ازش پرسیده بودن آخه واسه چی زدیش؟ حاج غلام هم گفته بود تا

اون باشه دفعه‌ی دیگه که ما رو می‌بینه بزنه رو ترمز.» و در حالی‌که دستش را می‌برد بالا دم شقیقه‌اش، اضافه کرد: «آژانا که می‌رسن، همشون برا حاج غلام می‌زنن بالا. بعد هم جمعیتو متفرق می‌کنن. مسافرها دوباره سوار می‌شن و جواد گامبو هم تیر چوبی رو می‌کشه کنار، جیکش هم در نمی‌آد، می‌شینه پشت فرمون و می‌ره.» و همه با نگاهی تحسین‌آمیز به حاج غلام لبخند زدند. اما او از این‌که حاج اصغر اسم قبلی‌اش را توی جمع گفته بود خوشش نیامد. سرش را با اخم انداخته بود پائین.

بالای طاقچه قاب عکس امام و رهبر به دیوار آویزان است و زیر آن دو تا کتاب توضیح‌المسائل و اصول کافی کلینی است. حاج غلام یک جانباز محفلی است. چند سالی هم در اوین آدم‌هائی را که کتاب می‌خوانده‌اند، سین جیم می‌کرد و چنان توی گوششان می‌زد که گاهی پرده‌ی گوششان پاره می‌شد.

خودش می‌گوید برای احیای اسلام بود که دیگران را وادار به توبه می‌کرد.

حالا هم که پیر شده است، به عنوان «کارشناس استخاره» در استخدام وزارت اطلاعات است. نوبت رسید به رضا بلبل. او در حالیکه استکان خالی چای را توی دستش می‌چرخاند گفت: «لوزی که امام والد شدن، من و حاج غلام از فلودگاه تا بهشت زهلا دنبال ماشین امام دوئیدیم، گاهی هم لو لکابش آویزون می‌شدیم، خدا لفتگان همه لو بیامُلزه. دفعه‌ی دوم هم که امام لو می‌بُلدن بهشت زهلا، من و حاج غلام زیلِ تابوتشو ول نکلدیم.»

بعد همگی صلوات فرستادند و من نفهمیدم چرا.

مرتضی فرفره که احساس می‌کند بیش از دیگران به حاج غلام نزدیک است، خودش را جابه‌جا کرد و با صدای دورگه‌اش بلند گفت: «بذارین منم یه خاطره بگم.»

۶۶ ◇ خطی از باران

«فکر می‌کنم حاج غلام خوب یادش باشه. یه شب که خونه‌ی حاج سعید جمع بودیم، حاج آقا زنگ زدن. من و حاج غلامو احضار کردن، در یک چشم به‌هم‌زدن دوترکه با موتور مثِ فرفره رفتیم بالا.»

«وقتی برگشتیم، تو نمیری حاج سعید کلی ماتش برده بود که چه شصت تیری رفتیم و برگشتیم.» یک‌باره ساکت شد و دیگران که منتظر بودند، گفتند: «خب بعد چی شد؟» و او همان‌طور که سرش پائین بود و به ریشش دست می‌کشید ادامه داد: «حیف شد... خدا رحمتش کنه، وقتی حاج سعید واجبی خورد خیلی غصه‌مون شد. درست می‌گم حاج غلام؟» و صبر کرد حاج غلام حرفش را تأئید کند. حاج غلام هم با تکان دادن سر حرف مرتضی فرفره را تأئید کرد.

محمد حسین داروهای پدرش را آورد و من به او کمک کردم تا آن‌ها را بخورد.

حاج غلام طوری به داروها و به من نگاه می‌کرد که انگار از چیزی می‌ترسید. تلخی داروها چهره‌اش را در هم برد. سرفه‌ای کرد و با صدای خیلی آرام شروع کرد به حرف‌زدن، همه ساکت شدند. «حقش بود که برا حاج سعید یه مجسمه از طلا می‌ساختن. حاج سعیدِ خدابیامرز هروقت می‌خواست دشمنای نظامو طناب‌پیچ کنه، قبلش با آفتابه‌ای که تو ماشینش داشت وضو می‌گرفت.» بعد مثل این که چیزی یادش بیاید، با یک مکث نسبتاً کوتاه، نفسی تازه کرد و ادامه داد: «حاج سعید، سر بازجوئی یه روز از یک‌دندگی آدمی که سین جیمش می‌کرد خیلی عصبانی شد. منو صدا کرد و گفت، بشاش به این یارو. منم راحت کارمو کردم.» همه زدند زیر خنده و منتظر ماندند تا باز هم حاج غلام از خاطراتش بگوید. در حالی که نفسش خوب بالا نمی‌آمد و می‌شد ناتوانی را در صدایش دید، شمرده‌شمرده اضافه کرد: «از قول من از همه‌ی برادرا حلالیت بطلبین، چون فکر می‌کنم چیزی به آخر عمرم نمونده.» با دست به من اشاره کرد تا بروم جلوتر. سپس به صحبتش ادامه داد و گفت: «بالاخره یه روز اجل از راه می‌رسه.» یک دفعه همگی صلوات فرستادند و من نفهمیدم چرا.

داشتند صلوات می‌فرستادند، که رفتم نزدیک‌تر و پرسید: «چی کار باید بکنیم؟» در گوشش خیلی آهسته گفتم: «همان‌طور که خواسته بودین کارها انجام شد. شما امشب این چند تا ورق رو امضاء می‌کنین تا پولاتونو به حساب محمدحسین منتقل کنن، البته اول به حساب من واریز می‌شه، بعد من می‌ریزم به حساب ایشون. چون محمدحسین تو اون بانک خارجی حساب نداره و باید یک حساب جدید براش باز بشه.» دیدم جوابی نداد و رفت تو فکر. چشمانش را بست و یک نفس بلند کشید. بعد دستش را دراز کرد و ورقه‌ها را از دستم گرفت و همان‌طور که دراز کشیده بود با خودکاری که به او دادم، دو تا امضاء زیر ورقه‌ها انداخت. همه داشتند نگاهمان می‌کردند. ورقه‌ها را تا کردم و گذاشتم توی جیبم. سرش را آرام گذاشت روی بالش، ملافه را تا روی شانه‌هایش بالا کشید و دوباره چشمانش را بست.

رو کردم به دوستان و مهمان‌ها و با اشاره‌ی سر و دست به همه فهماندم که حاج غلام می‌خواهد بخوابد.

همه آرام بدون سروصدا پا شدند و رفتند. من بالای سر حاج غلام نشسته بودم که محمدحسین تو لنگه‌ی در پیدایش شد و گفت: «مادر گفتند جاتونو تو اطاق مهمون‌خونه انداخته‌اند. اگه می‌خواین، ورقه‌ها رو بدین امضاء کنم.»

ورقه‌ها را امضاء کرد. کمی این‌پا و آن‌پا شد و بعد پرسید: «عمو جون کی پولا رو می‌ریزن به حساب من؟» برایش که توضیح دادم، ابروهایش بالا رفت.

داشت برمی‌گشت که گفتم: «سلام برسونین.» در چارچوب در ایستاد و دوباره پرسید: «ایشالا کی کارم درست می شه که بیام پیش شما؟»

گفتم: «عمو جون، با خداست. من که دارم سعی خودمو می‌کنم.»

گفت: «خیلی ممنون.» و رفت.

دست حاج غلام را گرفتم دیدم نبضش نمی‌زند.

۶۸ ◇ خطی از باران

کارم تمام شده بود. چراغ اطاق را خاموش کردم و آهسته خانه را در تاریکی
مطلق ترک کردم.

حیـــات

زهره بختیاری

پله‌های حیاط مرا با خود می‌برد به جائی که بیش از یک خاطره است.

درخت نارنج سی ساله که در گوشه‌ی حیاط جا خوش کرده است، تقریباً یکی از اعضای خانواده به حساب می‌آید. آنقدر قد کشیده که از دیوار بالاتر رفته است. عطر شکوفه‌هایش در بهار تمام کوچه را پر می‌کند و به فصلش نارنج‌های درشت و نارنجی‌رنگ آن چشمک می‌زنند.

یاس امین‌الدوله از روی آلاچیق سایه‌اش را چتر حیاط کرده است. عطر یاس دم صبح و موقع غروب آفتاب حیاط را مست می‌کند.

نسترن با گل‌های سرخش روی دیوار سنگی سفید لمیده و چشم همسایه‌ها را کور کرده است. حوض کوچک مجاور باغچه بهترین راه آبیاری در فصل تابستان است. شیر آب که باز باشد، حوض پر می‌شود و آب سرریز می‌کند توی باغچه و همه‌ی گل‌ها و درخت‌ها سیرآب می‌شوند.

در آهنی به کوچه‌ی قدیمی و فراموش‌شده‌ی پشت باز می‌شود. اما هیچ‌وقت از آن رفت‌وآمد نمی‌شود. درخت مو به طرز عجیبی از سروکولِ در بالا رفته و آن را پوشانده است. در هم مثل کوچه فراموش شده است.

سینه‌کش دیوار رو به آفتاب کلی طناب تعبیه شده است و گیره‌های چوبی صف کشیده‌اند تا لباس‌های شسته‌شده را در آفتاب خشک کنند.

* * * * *

غرشِ ماشین رختشوئی روزِ تعطیل را گوشزد می‌کند. زمزمه‌کنان با آهنگ‌های رادیو به دنبال بقیه‌ی کارها می‌روم.

اما این زمزمه‌ها! چیزهایی را در من بیدار می‌کند؛ هوسِ پرسه‌زدن در آفتاب، لابه‌لای لباس‌های شسته‌شده، خنکی، رطوبت و عطر تمیزِ لباس‌ها به همراه زمزمه‌ی ترانه‌های عاشقانه که بیداریِ حسی آشناست. حسی که نه تلخ و نه شیرین؛ اما پر از خاطراتی‌ست که با آن‌ها زندگی می‌کنم.

* * * * *

سایه، دنج و به دور از سرِ خَر؛ من و ملیحه عاشق این خلوت‌ترین قسمت حیاط هستیم، جای ما زیر بند لباس‌های شسته است. لباس‌های خیسِ نجس که خیلی از نمازخوان‌ها را از آن‌جا فراری می‌دهد، ما را به آرامشی وصف‌ناپذیر می‌رساند. بهترین لحظاتی که توی این زندان لعنتی یک نفس راحت می‌کشم و به دوردست پرواز می‌کنم. لحظاتی انگشت‌شمار که شامه‌ام از عطر تمیزی پر شده و بوی گند اینجا را فراموش می‌کند. بهترین سرگرمی‌ام گوش‌دادن به صدای گرم و گوش‌نواز ملیحه است. صدایش را دوست دارم.

در آن‌طرف حیاط به دور شلنگ آب هیاهوئی برپاست. تشت‌های پلاستیکی قرمزرنگ مثل بچه‌های خوب و حرف‌شنو صف کشیده‌اند و در کنارشان لباس‌های چرک در کیسه‌های پلاستیکی دسته‌دار منتظر نوبتشان تا شسته شوند.

زیر پنجره‌ی اتاق‌های طبقه‌ی اول که به حیاط باز می‌شود، آدم‌ها شانه‌به‌شانه زیر آفتاب به دیوار تکیه داده‌اند. دست‌ها به آرامی روی زمین به موازات بدن‌شان حرکتی آهسته دارد. چیزی پیدا نیست اما صدای سایش سنگ روی سنگ با صدای لخ‌لخ دمپائی‌های پلاستیکی که صاحبان‌شان جفت‌جفت یا تک‌تک در حال رفت‌وآمد در طول و عرض حیاط هستند، در هم می‌آمیزد و هیاهوئی بر پا کرده است. سنگ‌هائی که به یادگاری داده خواهند شد تا سازندگان به فراموشی سپرده نشوند. جدالی‌ست بین سنگ‌های کوچک یادگاری و زمین سختِ هواخوری برای صیقلی‌شدن و حک‌شدنِ نامی یا کلامی بر روی آن‌ها، درست مثل پیغامی که بر پای کبوتری بسته می‌شود تا به معشوق برسد.

همه با سرعت مشغول کارهای‌شان هستند. به‌زودی ساعت هواخوری به پایان می‌رسد و نوبت طبقه اول است که به حیاط بیایند و تا نوبت بعدی، آدم‌های طبقه‌ی بالا تنها از پشت میله‌های فلزی دریچه‌ها با حیاط تماس دارند.

* * * * *

راهرو، باریک و بی‌روح به شکل زاویه‌ی قائمه‌ای است که در هر ضلع آن سه اتاق بی‌قواره که با موکت فرش شده‌اند، قرار دارد. موکت‌های سبز؛ انتخاب این رنگ به طرز مسخره‌ای نشان از ایجاد فضائی شاد و طبیعی دارد. تلویزیون، تنها وسیله‌ای که قرارست تو را با تمدن ارتباط بدهد صبح تا شب از طریق سیستم مداربسته به پخش برنامه‌های ارشادی مشغول است و هنگام پخش اخبار سراسری با اعلام سکوت اجباری دیگر نمی‌توان وجود آن‌را نادیده گرفت و می‌بایست چهارچشمی نگاهش کنی. پتوهای زبر سیاه، شب‌ها به عنوان رختخواب و روزها دورتادور اتاق به عنوان نشیمن‌گاه استفاده می‌شوند.

ساک‌ها، روی طاقچه تا سقف چیده شده‌اند و هفته‌ای یک بار قبل از نوبت آب گرمِ ما برای حمام پائین می‌آیند تا وسایل مورد نیاز هفته را برداریم و بچینیم توی ساک‌های کوچک دم دستی آویزان‌شده به گل‌میخ و چیزهائی را که نیاز نداریم به ساک برگردانیم.

اتاق بیش از ظرفیت مهمان دارد به همین دلیل همیشه باید توسط کارگران روز مرتب باشد وگرنه سگ می‌زند و گربه می‌رقصد. نشان به آن نشانی که هر وقت و بی‌وقتی که برای تفتیش به اتاق‌ها حمله می‌کنند و دل و رودهی ساک‌ها را بیرون می‌ریزند، چیزی شبیه یک تپه از وسائل و آت و آشغال در وسط اتاق ساخته می‌شود که دیگر جائی برای ساکنان آن باقی نمی‌ماند.

من و ملیحه معمولاً برای حمام‌کردن وسائل‌مان را با هم آماده می‌کنیم. هر وقت سراغ ساکش می‌رود، مدت‌ها با لباس‌های بچه‌هایش ور می‌رود و آن‌ها را بالا و پائین می‌کند. لباس‌های یادگاری را باز می‌کند، نگاه‌شان می‌کند، دوباره تا می‌کند و وقتی می‌گذاردشان توی ساک از من می‌پرسد:

- آه، هیچ می‌دونی اگر این لباس‌ها و شکم ورقلمبیده‌ام نبود چی فکر می‌کردم؟

- نه! چی فکر می‌کردی؟

- فکر می‌کردم همه‌چیز را در خواب دیده‌ام.

و من با لبخند تلخی تأئیدش می‌کنم.

* * * * *

موزائیک‌ها را دوتا دوتا می‌شماریم و مراقبیم با بقیه‌ی ردیف‌هائی که در حالِ پیاده‌روی روزانه هستند فاصله‌مان را حفظ کنیم. هرچند که جا خیلی کم است. ازدحام عجیبی است، صدای گفتگوهای دونفره، صدای شلق‌شلق دمپائی‌های پلاستیکی که معمولاً یکی دو شماره بزرگتر از پاها هستند، سروصدای عجیبی به راه انداخته است. درددل ملیحه هم که تمامی ندارد.

بارها و بارها موقع قدم‌زدن برایم تعریف کرده بود و حالا دوباره تعریف می‌کرد. انگار با مرور آن می‌خواهد چیزی را فراموش نکند.

همین‌جا آن‌ها را دنیا آورده بود و همین‌جا آن‌ها را گم کرده بود. می‌گفت مادر باشی اما نباشی، همسر باشی اما نباشی. یک‌جور عشق مجازی در وجودش رشد کرده بود. دیگر اصلاً نمی‌دانست معبودش وجود خارجی دارد یا نه. آن‌قدر

سؤال‌هایش بی‌جواب مانده بود که گاهی فکر می‌کرد شاید دچار توهم شده است و همه‌چیز ساخته و پرداخته‌ی ذهن خسته‌ی اوست.

فشار حلقه‌ی عروسی در دست چپش که عادت داشت با آن بازی کند و لباس‌های توی ساک که هر هفته آن‌ها را لمس می‌کرد، در خواب اتفاق نمی‌افتاد. عشقی که به او امید زندگی می‌داد و در عین حال روحش را می‌آزارد. بی‌خبری، دلتنگی و عشق به همسر و بچه‌هایش، حسی که او را با خود به زیر بند لباس‌ها می‌برد تا آوازهای عاشقانه بخواند. تلخ و شیرین، هر چه بود باید آن‌را پنهان می‌کرد. امکان گله‌ای نبود. در واقع این حق از او سلب شده بود.

بچه‌های ملیحه دوقلو بودند. دوقلوهایی که شده بودند چشم و چراغ بهداریِ زندان. پاسدارها می‌آمدند و می‌رفتند تا پسرهای او را ببینند. تا این که دیگر آن‌ها را برای شیرخوردن نیاوردند و به ملیحه گفتند که دیگر نمی‌بینندشان.

ملیحه دو هفته به بچه‌ها شیر داده بود. آن‌ها را در آغوش گرفته بود. آن‌ها را بوئیده بود و دیوانه‌وار به آن‌ها عشق ورزیده بود. چطور می‌توانست رفتن‌شان را باور کند، آن هم نه از این زندان لعنتی بلکه از زندان این دنیا.

* * * * *

بی‌خبر و ناگهان با صدایی مهیب درهای اتاق‌ها بسته شد. هر کس هر جا بود حبس شد. بلندگوها با تق‌تق اعلام کرد: «این اسامی با وسایل به دفتر بند مراجعه کنند.» اتاق به اتاق در آهنی سنگین باز می‌شد تا افرادی که اسم‌شان خوانده شده بیرون بیایند. دلم هری ریخت وقتی اسم ملیحه را شنیدم.

منصفانه نبود؛ ما حتی فرصت خداحافظی نداشتیم. او برای کاری به اتاق دیگری رفته بود که درها بسته شد. می‌خواستم ببوسمش و با او وداع کنم. در چشم به‌هم‌زدنی مسئول اتاق ساک ملیحه را تحویل داد و آن همه خاطره و یادگاری نیز با آن ساک رفت.

این زبانِ ناسازگار...

سیما غفّارزاده زندی

صبح زود از خواب بیدار می‌شود بی‌آن‌که به اندازه‌ی کافی خوابیده باشد. تا دیروقت با شیوا پای تلفن بوده و بعد از آن تا صبح به تناوب از هیجان بیدار شده و از فرط خستگی دوباره خوابش برده است. کمی غلت می‌زند و نهایتاً بلند می‌شود. شنبه است و روز کاری او، اما شیوا امروز بعدازظهر می‌رسد و او دو هفته‌ی تمام مرخصی گرفته است. به‌راحتی می‌تواند کارش را از خانه انجام دهد، ولی دلش می‌خواهد لحظه‌لحظه‌ی این دو هفته را با شیوا باشد. بی‌قرار است. نمی‌داند روز را از کجا و چگونه آغاز کند. فکر می‌کند به این که یک دنیا کار دارد، اما کو آرام و قرار... پنجره‌ی اتاق‌اش را باز می‌کند. نسیم خنکی به صورت‌اش می‌خورد و صدای آواز پرندگان می‌ریزد تو. نفس عمیقی می‌کشد و تلاش می‌کند بر هیجان درونش غلبه کند. میلو به دادش می‌رسد، آمده مچ پایش را لیس می‌زند و توجه می‌طلبد. خم می‌شود و دستی به سرش می‌کشد: «می‌دونم خوشحالی؛ شیوا هم تو رو خیلی دوست داره. حتماً خوراکی خوشمزه‌ای هم برات داره!»

در فکر است که این روز بلند را چگونه به بعدازظهر برساند، به لحظه‌ی ایستادن در ترمینال داخلی فرودگاه ونکوور، به لحظه‌ی لمس دستانِ شیوا. به لحظه‌ای که صدای کوبش قلبش را تمام آن‌ها که منتظر مسافرند، خواهند شنید و لحظه‌ای که زبان سرِ ناسازگاری خواهد گذاشت... فکر می‌کند که چه کاری ممکن است کمی ذهنش را مشغول کند. تصمیم می‌گیرد بنشیند و خاطرات جنگ را، که نوشتنش تقریباً به نیمه رسیده، مرور کند. ناشر کانادایی مرتباً پی‌گیری می‌کند. کار دشواری بوده، اگر ژانت اصرار نکرده بود، زیرِ بارش نمی‌رفت. با این همه، تا اینجای کار راضی است. این چمدانِ خاطرات را باید جایی زمین می‌گذاشت. این خاطرات باید نوشته می‌شد و چه بهتر به دست یک قربانی جنگ. قربانی جنگ، قربانی جنگ... چه باری دارد این دو کلمه! با خود می‌اندیشد آیا شیوا به تهِ تهش فکر کرده است؟ آیا می‌داند تنها دل بستن کافی نیست؟ آیا می‌داند باید بسیار قوی‌تر از یک زنِ معمولی باشد؟ بعد از مکثی کوتاه به خود پاسخ می‌دهد: که هست. حرف‌های شب قبل را به یاد می‌آورد و صدای شیوا در ذهنش می‌پیچد: «عشق هرگز قاعده نداشته، واروژ خانِ آبنوسیان! وگرنه یه درسِ سه‌واحدی توی دانشگاه‌ها براش منظور می‌کردن» و می‌خندد. صدای خنده‌ی شیوا را دوست دارد. لبخند می‌زند. باز شیواست که توی سرش دارد حرف می‌زند: «واروژ، چرا فکر می‌کنی من از روی دلسوزی، این رابطه رو ادامه می‌دم؟ اگر تو رو ترک کنم، اصلاً مطمئن نیستم که دیگه هیچ‌وقت کسی رو پیدا کنم که این‌جور همه‌چیز جفت‌وجور باشه... چقدر باید بگردی تا به کسی بَربُخوری که کنارش احساس آرامش کنی. حتی بی‌هیچ حرفی، بفهمیش و بخوای پیشش بمونی تا بمیری.» دوست نداشت شیوا از مردن حرف بزند. نه شیوا، تو از مرگ نگو! من دو سالِ تمام با چهره‌ی کریه مرگ سایه‌به‌سایه زندگی کرده‌ام. اصلاً اگر بشود آن را زندگی نامید... نه، شیوا، تو نه. تو با من از زندگی بگو. از همین زندگی نیم‌بندی که برایم باقی مانده، همین دنیای خاکستری که حضورِ تو غرق نورش کرده؛ تابنده‌تر از هر خورشیدی. می‌گویی حرف‌هایم گاهی شبیه شعر می‌شود؟ بشود هم، من شاعر نبودم، تو شاعرم کردی.

باز میلو با رد شدن از کنار واروژ و مالیدن دمش به ساق پای او، به زمان حال بَرَش می‌گرداند. بلند می‌شود یک چای برای خودش می‌ریزد و می‌نشیند پشت کامپیوترش. با نسخه‌ی جدیدِ نرم‌افزار صفحه‌خوان، کارش به مراتب آسان‌تر شده است. آخرین بخش از نوشته‌هایش را مرور می‌کند:

«این‌بار محل مأموریت‌مان جزیره‌ی مجنون بود. من خط‌شکن بودم و یک هفته‌ای از فتح جزیره می‌گذشت. نزدیک ظهر بود و هوایی بسیار داغ؛ شاید حدود ۴۵ درجه. یک‌باره دو هواپیما بالای سرِ گردان‌مان ظاهر شد. از فاصله‌ی بسیار کم و به وضوح دیدم که از هر یک از آن هواپیماها بمبی به اندازه‌ی یک آب‌گرم‌کن پرتاب شد پایین و هیچ انفجاری رخ نداد. تعجب کردم. ناگهان دود سفیدوسیاهی از آن خارج شد. بلافاصله نوع بمب را شناختم و فریاد زدم: «شیمیایی... شیمیایی!» هنوز آمپول‌های آتروپین را نزده بودیم که بوی سبزی گندیده همه جا را گرفت. ماسک به تعداد کافی نداشتیم. شروع کردیم به فرار و عقب‌نشینی. آن روز کلِ گردان جزیره را ترک کرد.»

دقایقی در فکر فرو رفت و یاد بچه‌هایی افتاد که در آن حمله از دست رفتند. نزدیک بیست‌وپنج سال از آن روزها می‌گذرد اما انگار همین دیروز بود. چرا خاطرات شاد این‌قدر سمج نیستند؟... ادامه می‌دهد:

«هادی، از بچه‌های شمال، به‌خاطر مهارت قایق‌رانی مسئول شناسایی بود. یک روز صبح من مشغول دیده‌بانی منطقه‌ی عراقی‌ها بودم که هواپیماهای‌شان گازِ شیمیایی زدند. هادی که داشت ماسکش را به صورت می‌زد، بیهوش شد. خودش می‌گفت وقتی در بیمارستان چشم باز کرده بود، تمام بدنش پر از تاول بود. بدنش دچار سوختگی شدیدی شده بود. سی‌وچهار روز در بیمارستان بستری شده و بعد از بهبودی به جبهه برگشته بود. منطقه‌ی بعدی فعالیت او اروندکنار بود و من دیگر هرگز ندیدمش. بعدها شنیدم که گردانش در عملیاتی در حال بررسی منطقه بوده و قصد پیشروی داشته‌اند که عراقی‌ها غافلگیرشان کرده بودند. در آن عملیات بیشتر بچه‌های آن گردان از جمله هادی شهید شدند.»

مکث می‌کند. می‌اندیشد چه چیزهایی که هنوز نتوانسته بنویسدشان. چه صحنه‌هایی که شاهدشان بوده و نوشتن از آن‌ها ساده نیست. صدای مداوم زنجیر تانک، انفجار خمپاره‌های سرگردان لابه‌لای یازهرای رزمنده‌ها و اجساد تکه‌تکه‌شده که روی هم افتاده‌اند، مایه‌ی کابوس‌های مداومی بوده که این جنگ ویرانگر - مگر جنگِ غیرِویرانگری هم هست؟ - برایش به ارمغان آورده بود...

ادامه می‌دهد:

«اردیبهشت سال ۱۳۶۷ بود و این بار محل مأموریت‌مان منطقه‌ی فاو. نزدیک غروب بود که ناگهان هواپیماهای عراقی حمله کردند. خط مقدم با گاز سیانور بمباران شد و خط دوم که ما بودیم با گاز خردل. همه‌جا را دود و گردوغبار پُر کرده بود. بچه‌ها به دنبال نجات زخمی‌ها و خارج‌شدن از منطقه‌ی اشباع گاز بودند. امیرحسین مسئول بی‌سیم و نصب و راه‌اندازی دکل‌های مخابراتی گردان‌مان بود. او فقط دغدغه‌ی حفظ تجهیزات مخابراتی را داشت و هنوز ماسکش را نزده بود که با موج انفجاری بر زمین افتاد و بیهوش شد. ترکش دل و روده‌اش را بیرون ریخته بود. بلافاصله به بیمارستان صحرایی منتقلش کردند و روده‌هایش را به داخل شکم برگرداندند. تا او را به اتاق عمل برسانند، علائم حیاتی‌اش از دست رفت و به سردخانه‌ی صحرایی شهدا منتقل شد... ساعاتی بعد که می‌خواستند شهدا را به داخل خودروی مخصوص منتقل کنند، دیدند مشمایی که امیرحسین را داخل آن پیچیده بودند، بخار کرده است. به سرعت او را به بیمارستان منتقل کردند. بعد از آن، بچه‌ها امیرحسین را شهیدِ زنده صدا می‌زدند.»

میلو آمده روی انگشت‌های پای‌اش پنجه می‌کشد. واروژ دستی روی سرش می‌کشد و می‌گوید: «باشه، می‌دونم می‌خوای بری بیرون. چیزی نمونده. یه کم دیگه تاکسی دمِ دره. می‌ریم دنبالِ شیوا!» میلو پارس می‌کند. «آره، می‌دونم تو هم دلت براش تنگ شده. اصلاً اگه تو رو نداشتم، شاید هیچ‌وقت شیوا رو هم نمی‌شناختم.»... یاد اولین روز آشنایی‌شان می‌افتد. همین‌جا ونکوور. درست ۱۱

ماه و ۸ روز پیش بود. واروژ به یاد نمی‌آورد کدام ۱۱ ماه از عمر ۴۴ ساله‌اش به این بلندی بوده... بهار پارسال بود، با میلو رفته بود استنلی پارک قدم بزند. بعد از مدتی خسته شده و روی یکی از نیمکت‌ها نشسته بود. هدفون به گوش، داشت به ترانه‌ای از ویگن گوش می‌داد و بند قلاده‌ی میلو هم دستش. ناگهان میلو شروع کرده بود به پارس‌کردن و به دنبالش صدای آسمانی زنی که گفته بود: «Are you having fun, cutie?» واروژ از لهجه‌ی زن حدس زده بود که ایرانی‌ست. دل را به دریا زده و گفته بود: «اسمش میلوئه، خانم. فارسی رو هم خوب بلده.» زن که جا خورده بود، گفته بود: «سلام! می‌بخشید، فکر نکردم ایرانی باشید... اسم من شیواست.» واروژ خندیده و گفته بود: «چون انگلیسی حرف‌زدن من رو نشنیدید هنوز. من هم واروژ هستم.» و آن‌وقت میلو احساس کرده بود مجوز دارد تا از سروکول شیوا بالا برود. آن‌روز کمی از زمین و آسمان حرف زده بودند و کمی هم از خودشان. واروژ همین‌قدر فهمیده بود که شیوا به تنهایی در اُتاوا زندگی می‌کند و آمده است تا یک هفته به صمیمی‌ترین دوست‌اش که تازه بچه‌دار شده، کمک کند. از فرصتی که مادر و پسرک خوابیده بودند، استفاده کرده و آمده بوده تا در پارک قدمی بزند. واروژ هم گفته بود هفده سال است که در کانادا و در همین ونکوور زندگی می‌کند و خوشحال است که خواهرش هم با خانواده‌اش در این شهر و در چند قدمی او هستند. آن روز البته خیلی چیزهای دیگر را نگفته بود. نگفته بود هجده نوزده سال پیش ژانت خودش را به آب و آتش زده بود تا یکی از دوستانش را پیدا کند که حاضر باشد با ازدواجی صوری پای او را به اینجا برساند. نگفته بود از سال‌های سیاهی که بعد از جنگ از سر گذرانده بود. از مشکلات تنفسی‌اش – سوغات جنگ – در هوای آلوده‌ی تهران چیزی نگفته بود. از یک دنیا چیزهای دیگر، چیزی نگفته بود. تمام آن یک هفته را شیوا و واروژ کنار همان نیمکت قرار گذاشته بودند و باز هزاران حرف در سرِ واروژ مانده بود وقتی که روز آخر شیوا باید برمی‌گشته... آن روز برخلاف روزهای قبل زیاد حرف نزده بودند و به سکوت گذشته بود. شیوا باید می‌رفته و رفته بود با یک قول؛ این که به واروژ تلفن بزند. و البته زده بود، اولین کاری که انجام داده بود به محض رسیدن به خانه.

بعد از آن، تعداد و طول مکالمات تلفنی‌شان زیاد و زیادتر شد. اوایل واروژ با خودش کلنجار می‌رفت که آیا به آخرش فکر کرده است... اصلاً آیا آخری داشت؟ و گاه فکر می‌کرد مگر باید هر چیزی و هر داستانی آخری داشته باشد؟ آیا فکرکردن به آخرِ راه، باید لذتِ حال و طی راه را از او بگیرد؟ در میل و اشتیاقِ شیوا به این رابطه شکی نداشت، ولی احساسِ گناه را هم نمی‌توانست از خود دور کند. چرا این موجود نازنین را به دنیای درب‌وداغانِ خود بکشاند؟... و باز نمی‌توانست مقاومت کند. تلفن پشتِ تلفن. و دلتنگی در فواصل بینِ تلفن‌ها... درباره‌ی زمین و زمان حرف می‌زدند؛ درباره‌ی ادبیات، درباره‌ی موسیقی، درباره‌ی دین و شوخی‌های شیوا که همیشه می‌گفت بالاخره در یک مورد تفاهم ندارند! درباره‌ی ایران، درباره‌ی سال‌های جنگ و البته بیشتر این واروژ بود که دنیایی حرف و خاطره داشت. شیوا با آغاز جنگ، کلاس پنجم دبستان را شروع کرده بود و یادش می‌آمد که با چسب‌های پهن روی همه‌ی شیشه‌های پنجره‌هاشان ضربدر بزرگی زده بودند. و باز یادش می‌آمد که چند سال بعد در اوج موشک‌باران تهران شبی به منطقه‌ای خارج از شهر پناه برده بودند و او زیر نور چراغ‌های کوچک جلوی ماشینِ پدرش، درس خوانده بود برای امتحانات نهایی سالِ آخر دوره‌ی راهنمایی. شیوا احساس شرم می‌کرد از بازگویی این خاطراتِ پیشِ‌پاافتاده‌اش با واروژ. واروژی که بیشترِ دو سال خدمتِ سربازی‌اش را در جبهه گذرانده بود. واروژی که پشته‌پشته کودک و زن و مرد کشته‌شده در بمبارانِ شیمیایی شهر سردشت را دیده بود وقتی که گُردان‌شان را برای کمک برده بودند. تصاویری که کابوس‌های همه این سال‌ها را ساخته بودند. واروژ گاه آرزو می‌کرد کاش می‌شد خاطره را پاک کرد، و دریچه‌ی ذهن را به روی آن بست و کور کرد...

هر روز با شیوا درباره‌ی بسیاری چیزها حرف می‌زنند و حرف می‌زنند و خسته نمی‌شوند. در واقع واروژ بخش زیادی از خاطرات‌اش را پیش از نوشتن، برای شیوا تعریف کرده است. و شیوا با اشتیاق به حرف‌های او گوش می‌دهد و گوش می‌دهد و دلش می‌لرزد. او واروژ را انسانی وارسته یافته که دسترسی به عمق

درونش کارِ دشواری بوده است. حالا اما پس از ماه‌ها ارتباط، شیوا موفق شده بود آن پوسته‌ی سخت را بشکافد و به عمقش غوطه بزند. واروژ این همه را چه خوب می‌دانست. و بهتر از آن می‌دانست که با همه‌ی کلنجارهایی که در آغاز با خودش رفته بود و همه‌ی نهیب‌هایی که به خودش زده بود، حالا حتی تصورِ یک روز نشنیدنِ صدای شیوا را هم نمی‌تواند بکند؛ شیوا، این وجود نازنینی که نفس‌اش را به شماره می‌اندازد. اولین زنی که در زندگی‌اش بر او عاشق شده... صدای زنگ تلفن از جا می‌پراندش. صدای ضبط‌شده، ماشین‌وار اطلاع می‌دهد که تاکسی جلوی درِ خانه‌اش است.

گویی صد سال طول می‌کشد تا به فرودگاه برسند. واروژ جای نسبتاً خلوتی پیدا می‌کند و می‌ایستد. بارها این لحظه را تجسم کرده بود و این که چه خواهد کرد و حالا دست‌وپایش را گم کرده است. تصمیم می‌گیرد همه چیز را بسپارد به دستِ شیوا... بند قلاده‌ی میلو در یک دستش و عصای سفیدش در دستِ دیگر شروع می‌کند به ضرب‌گرفتن روی زمین. کمی بعد ناگهان میلو پارس می‌کند و می‌پرد جلو. تپش قلب واروژ حالا تا گلوگاهش بالا آمده است. می‌داند خودش است. پارس‌های میلو بیشتر می‌شود. حالا دیگر مطمئن از این که شیوا روبه‌رویش ایستاده است. پس چرا چیزی نمی‌گوید... واروژ می‌گوید: «شیوا؟...» شیوا به آرامی عصای واروژ را می‌گیرد و دست آزادشده‌ی او را می‌برد و می‌گذارد روی گونه‌ی خیسش.

خواب‌های خانم ویکی

عبدالقادر بلوچ

خانم ویکی چند روزی‌ست که در بخش مراقبت‌های ویژه‌ی بیمارستان ایگل‌ریج بستری است. دخترِ او جولیانا، که دوست‌دختر من است، تلفن زد و گفت مادرش را به اتاقش برگردانده‌اند. یک ساعت بعد با هم به عیادت خانم ویکی رفتیم. روی صورت او ماسک اکسیژن بود. پرستاری آن را درآورد و برای او کانولا گذاشت و دو سر شلنگ کوچک را جلوی سوراخ دماغش قرار داد تا او بتواند با جولیانا حرف بزند. من پایین تخت کمی دورتر ایستادم و به دستگاهی که نوسانات قلب را نشان می‌داد خیره شدم. می‌شنیدم که دارد خوابی را برای جولیانا تعریف می‌کند.

خانم ویکی بعد از سفر هند عوض شده بود و به تعبیر خواب اعتقاد پیدا کرده بود. برای تعبیرِ خواب‌هایش به دیدن مرداب ناتار، به شهر سوری می‌رفت. قبل از سفر هند هم خواب می‌دید اما به فکر تعبیرشان نبود. خواب‌هایی که خانم ویکی می‌دید، عجیب بودند. من اغلب وقتی او خواب‌هایش را برای جولیانا تعریف می‌کرد، آن‌ها را می‌شنیدم. یک بار خواب دیده بود توالت‌شان یک استخر است و

او در آن شنا می‌کند. مرداب ناتار تعبیر کرده بود که به‌زودی در پول و ثروت غرق خواهد شد.

جولیانا به اندازه‌ی مادرش خواب نمی‌دید، اما شبی خواب دیده بود که مادرش با هیتلر می‌رقصد. یک‌هو سبیل‌های او را می‌کند. همه می‌گویند هورا و به آلمانی داد می‌زنند: «ویکی، تو قهرمانی.»

همان موقع پرسیدم: «مگر مادر تو آلمانیه؟» گفت: « نه. خوابه دیگه و الا مادر من تو کالیفرنیای آمریکا توی روستای توئین‌هارت به دنیا اومده.»

گفتم: «تو این رو هیچ‌وقت نگفته بودی.» شانه‌هایش را بالا انداخت. لپ‌هایش را باد کرد و آن را از لب‌های بسته‌اش بیرون داد و گفت: «مادربزرگ و پدربزرگ من اونجا زندگی می‌کردن. منزلشون حالا مال ماست. کنار دریاچه‌ست. خُب خرج داره تا قابل سکونت بشه.»

تعجب کرده بودم. خواستم بپرسم پس شما اینجا چکار می‌کنید، اما خودش گفت عشق و عاشقیِ مادرش، باعث شده به کانادا بیاید و ماندگار بشود.

آقای مرداب ناتار بعد از شنیدن خواب گفته بود که خانم ویکی با انجام یک کار غیرمنتظره به شهرتی جهانی دست پیدا خواهد کرد. اما هیچ اتفاقی نیفتاد. فقط روزی که به‌طورِ ناگهانی حال خانم ویکی خراب شد و او را به بیمارستان منتقل کردند، مسئول خانه‌های سازمانی که سبیل‌هایی مثل هیتلر داشت پشت در خانه‌ی ویکی این یادداشت را چسباند:
«ما کرایه‌ی دو ماه گذشته‌ی شما را دریافت نکرده‌ایم. تلاش برای تماس تلفنی با شما بی‌نتیجه بوده و از دو نامه‌ی ارسالی هم نتیجه‌ای نگرفته‌ایم. در صورتی‌که بلافاصله بدهی خود را کامل نپردازید، برای تخلیه‌ی خانه اقدامات قانونی صورت خواهد گرفت.»

پرستاری آمد و گفت باید از خانم ویکی نوار قلب بگیرد. ویکی به جولیانا گفت: «من منتظرم. برید و زود برگردید.» نفهمیدم منتظر چیست و کجا باید برویم. جولیانا مادرش را بوسید و به من اشاره کرد که برویم. من مردد بودم که با خانم ویکی خداحافظی بکنم یا نه، ولی وقتی دیدم پرستار مشغول کار خودش شد و خانم ویکی هم چشمانش را بست، دنبال جولیانا راه افتادم.

داخل راهرو جولیانا گفت مادرش خواب دیده که مادر خدابیامرزش به او پنج خشت طلا و جعبه‌ای پر از مروارید داده است. حالا او از جولیانا خواسته که برای تعبیر خواب به دیدن مرداب ناتار برود و پاسخ را برایش بیاورد. خواب را که تعریف می‌کرد من جسته گریخته می‌شنیدم اما متوجه نشدم که باید دنبال تعبیرش برویم.

جولیانا که فکر می‌کرد من اعتراض خواهم کرد، برایم توضیح داد که اعتقادی به خواب ندارد و فقط به‌خاطر خوشحال‌کردن مادرش پیش مرداب ناتار می‌رود.

گفتم: «جولیانا، من که حرفی ندارم. اتفاقاً اونجا می‌تونیم تو یکی از رستوران‌های هندی بریانی گوشت گوسفند بخوریم.»

از شهر پورت‌مودی که بیمارستان ایگل‌ریج در آن قرار دارد تا شهر سوری که مرداب ناتار زندگی می‌کند، من و جولیانا بحثمان بود. من گفتم: «حالا که اعتقادی نداری، دلیلی نداره پیش اون آقاهه بریم. همین‌طوری جوابی سر هم می‌کنیم.»

اما جولیانا گفت مادرش که از بیمارستان مرخص بشود و برود پیش مرداب ناتار آن‌وقت می‌داند که به او دروغ گفته‌ایم.

برای پیدا کردن خانه‌ی مرداب ناتار آن‌قدر گشتیم که داشت غروب می‌شد. وقتی آنجا رسیدیم مجبور شدیم دار و ندارمان را بدهیم تا حساب‌های معوقه‌ی خانم

ویکی را پرداخت کنیم. ناتار وقتی پول‌ها را گرفت، گفت این مهم‌ترین خوابی است که تا به حال یکی از مشتری‌هایش دیده است. گفت شک نکنید که مادر، سمبل زمین است و وقتی زمین به آدم طلا و مروارید بدهد یعنی انسان به گنج دست خواهد یافت. او گفت مروارید نشان می‌دهد که خانم ویکی این گنج را کنار دریا خواهد یافت. مرداب ناتار به خاطر اهمیت خواب حاضر بود شخصاً به دیدن خانم ویکی بیاید تا سؤالاتی بکند بلکه بتواند محل دقیق گنج را مشخص کند اما هزینه و دست‌مزد آمدنش را نقد می‌خواست. ما آن‌قدر بی‌پول شده بودیم که بریانی هیچ حتی نمی‌توانستیم چیزی از مک‌دانالد بخریم. بنا شد سؤالاتش را خود ما از خانم ویکی بپرسیم.

موقعی که برمی‌گشتیم جولیانا در قطار دست مرا در دستش گرفت و با صدایی اندوهگین گفت:

«بعد از سفر هند چند باره که می‌گه می‌خواد برگرده توئین‌هارت.»

صدایش بغض‌آلود شد و گفت:

«بعد از مرگ پدر، کاملاً به هم ریخت.»

او را در آغوش گرفتم و گونه‌اش را بوسیدم. همراهش از شیشه‌ی قطار به آب‌های اقیانوس خیره شدم.

به نظرم بعید نیامد که ویکی برود توئین‌هارت و کنار دریاچه‌ی خانه‌ی مادری گنجی را که خواب دیده بود بیابد. به جولیانا گفتم فکر کنم بهتر باشد برویم پولی تهیه کنیم و بدهیم به مرداب ناتار تا بیاید و سؤالاتش را از ویکی بپرسد. جولیانا گفت:

«چرا ما پول پیدا کنیم؟ حرفای مَرده رو بهش می‌گیم. اگه موضوع براش مهم باشه پول هم پیدا می‌کنه.»

وقتی رسیدیم بیمارستان. سرپرستار از جلوی بخش بیماران قلبی ما را به دفتر بخش راهنمایی کرد. گفت همین حالا دکتر خواهد آمد. حرف توی دهانش بود

که دکتر وارد شد. بازوی جولیانا را گرفت و با صدایی حزن‌آلود گفت: «متأسفم. ساعت پنج، بسیار آرام و در خواب به خواب ابدی رفت.»

داستانِ ناتمام

فرامرز پورنوروز

قسمت زیادی از داستان را نوشته‌ام. به‌نظر خودم که خوب از آب درآمده است. آغاز داستان و رفتار شخصیت‌ها و فضاسازی همه خوب پیش رفته است. رسیده‌ام به جایی که راز بزرگِ بین زن و مرد باید آشکار بشود. این گره داستان است و بدون آن، تمام آنچه نوشته‌ام بی‌معنی خواهد بود. می‌دانم که با افشای این راز خیلی چیزها در زندگی زن و مرد به‌هم خواهد خورد، ولی نگران آن نیستم. نگرانی‌ام از وضعیت آینده‌ی دختر چهارساله‌شان هاله است. او که هر روز با خوشحالی از مهدِکودک به خانه برمی‌گردد، اول مادرش را می‌بوسد و بعد خودش را به آغوش پدر می‌اندازد و اتفاقات روز را یکی‌یکی و باحوصله شرح می‌دهد.

هاله همان‌طور که گفتم در مرکز این داستان قرار دارد. یعنی اگر او نبود، دیگر رازی هم بین زن و شوهر وجود نداشت. در حقیقت وجودِ او این داستان را سر و سامان داده است.

حالا اگر زن و شوهر می‌توانستند درباره‌ی موضوع حرف بزنند و آن‌چه را که در دل دارند بیرون بریزند، شاید این داستان هم این‌قدر باعث دل‌مشغولیِ من نمی‌شد. ولی نمی‌توانند. نمی‌توانند حرف بزنند. آسان نیست. اصلاً طرح قضیه از طرف مرد باعث شرمساری‌ست. زن هم از زندگی‌اش راضی‌ست و حالا شوهرش را دوست دارد.

هیچ فکرش را نمی‌کردم که روزی داستانی بنویسم که در پایان‌بندی‌اش گیر بکنم. برای همین هم هست که موضوع را با شما در میان می‌گذارم. لابد می‌خواهید از روحیات شخصیت‌ها بیشتر بدانید تا چاره‌ای بیاندیشید. خیلی ساده بگویم که شخصیت‌ها شبیه ماها هستند. از طبقه‌ی متوسط، تحصیلاتی در کارنامه‌شان هست و خارج از کشور زندگی می‌کنند. باور دارند که روشنفکرند و کلی با بقیه فرق دارند.

وقتی می‌خواستم این داستان را شروع بکنم، در انتخاب سوژه‌ی اصلی که نوع رابطه‌ی زن و مرد است، دودل بودم. بعد فکر کردم چرا که نه! داستایوفسکی می‌گوید که عشق و مالکیت و وجود خدا چیزهایی هستند که همواره انسان را درگیر خودشان خواهند کرد. گویا قرار است تا ابد هم این موضوعات حل‌نشده باقی بمانند!

معمولاً در مورد داستان‌های عاطفی زیاد موفق نیستم. یعنی هیچ‌وقت نتوانسته‌ام یک داستان عشقی مـوفق بنویسم. این یکی را هم شک دارم که بتـوانم به سرانجام برسانم. ولی خُب، قرار نیست که آدم همیشه موفق باشد.

نگار، شخصیت زن داستان از آن‌هایی‌ست که به‌زور هم نمی‌شود ازش حرف کشید. تودار است و کم‌حرف. زیبایی خاصی ندارد ولی رفتـارش او را از بقیه متمایز می‌کند.

برخلاف او شوهرش اهل بگو بخند است و داخل هر مجلسی که بشود، در مرکز توجه قرار می‌گیرد. گویا از دوران دانشجویی همدیگر را می‌شناسند و تا چند وقت پیش ظاهراً هیچ اختلافی هم نداشته‌اند.

یک هفته پیش یکی از دوستانم داستان نیمه‌تمام را خواند و گفت: «عالیه، منتها باید پایان خوبی برایش رقم بزنی. چیزی که برای خواننده غیرمنتظره باشه.» گفتم: «این قدر از این اتفاقات افتاده که دیگه هیچ‌چیز برای خواننده غیرمنتظره نیست.»

دوستم چند پایان برایم پیشنهاد کرد. اولی این بود که مرد پی ببرد که شک و دودلی‌اش بی‌پایه است و قضیه تمام بشود. دومی این بود که زن شجاعت به‌خرج بدهد و یک روز کنار همسرش بنشیند و واقعیت قضیه را برایش شرح بدهد. سومی هم این بود که داستان را همان‌طور نیمه‌تمام به سطل آشغال بیاندازم و از خیر این سوژه بگذرم.

ولی من کوتاه نیامدم. داستان را تا آنجایی که می‌توانستم، کش دادم و آخر سر رساندمش به شب، که بعد از شام زن و شوهر نشسته‌اند و تلویزیون تماشا می‌کنند. هاله آماده می‌شود که به رختخواب برود. از مادرش می‌خواهد که برایش قصه بگوید. مرد بلند می‌شود و هاله را بغل می‌کند و می‌گوید: «عزیزم، مامان امروز خسته است. تا دیر وقت کار کرده. بذار امشب من برات قصه بگم.»

هاله خوشحال می‌شود و به سمت اتاق خوابش می‌دود.

نگار صدای تلویزیون را کم می‌کند و بلند می‌شود تا آشپزخانه را سر و سامانی بدهد.

ساعتی بعد نگار و شوهرش روی تخت در کنار هم دراز کشیده‌اند و در نور ضعیف اتاق درددل می‌کنند. نگار می‌گوید: «چه روز پُرکاری داشتم امروز!»

شوهرش انگشتان او را بوسه می‌زند و در آغوشش می‌گیرد: «می‌دونم عزیزم.» بعد مرد دست می‌برد به سر و سینه‌ی نگار...

۱۰۰ ◇ خطی از باران

از اتاق می‌زنم بیرون و تنهایشان می‌گذارم. با خودم می‌گویم: بگذار این داستان پایانی نداشته باشد! بگذار شادی‌ها و لبخندها دائمی...

دارم این جملات را می‌نویسم که صدای خنده و عشق‌بازی زن و شوهر جوان در سرم می‌پیچد. از خانه‌شان بیرون می‌زنم و از قید پایان داستان می‌گذرم.

خُنیاگرِ غمگین

فوزیه رجبی

مرگِ پری جان مثل مرگِ پسر گاریچیِ چخوف برای هیچ‌کس اهمیتی نداشت. نه برای آدم‌های آن‌سوی تلفن که خبر را به من داده بودند تا فقط یادی از گذشته‌ها کرده باشند، نه برای همسرم که با ایماء و اشاره می‌خواست که گوشی را بگذارم و صبحانه‌اش را آماده کنم. گرچه شنیده بودم که پیر و زمین‌گیر شده، می‌خواستم بدانم چطور مرده و آیا جسدش را به روستای زادگاهش برده‌اند یا نه؟ و... شاید حق با آن‌هاست من گیرِ سه‌پیچ داده‌ام و حتی غربت و دلتنگی‌هایش دلیل نمی‌شد که برای مرگِ پیرزنی غریبه که روزگاری دور همسایه‌ی خاله‌ی ما بوده ماتم بگیرم. آن‌ها به شوخی یا جدی از من درباره‌ی پستان‌های بریده‌ی آنجلیا جولی می‌پرسند و خبرهای داغ این‌ور آب. خودم را دلداری می‌دهم و روزمره‌گی‌ام را با آماده‌کردن یک صبحانه‌ی لذیذ برای هم‌خانه شروع می‌کنم. بچه‌ها با پدرشان روانه‌ی کار و مدرسه می‌شوند. و من تنها می‌مانم با ظرف‌های نشُسته‌ی توی سینکِ ظرفشویی، با کتاب‌ها و اسباب‌بازی‌هایی که گوشه و کنار خانه منتظر هستند تا سر جایشان بروند. به اتاق خواب دخترها می‌روم. سیندرلای

آبی و سفیدبرفی صورتی روی تخت‌ها چمباته زده‌اند. توی قصه‌های پری جان اسم این دو عروسک بی‌بی ناردونه و گل خندان بود. هر دو قصه را به یاد دارم اما دخترها با اسم‌های انگلیسی راحت‌ترند و هر بار که من قصه‌ی ایرانی برای شب انتخاب می‌کردم آن‌قدر معنی لغت می‌پرسیدند که هر سه پشیمان می‌شدیم. تخت‌ها را مرتب می‌کنم و با لبخند به کارهایی که چشم به راه من هستند، خانه را ترک می‌کنم. و چند دقیقه بعد خودم را توی صف استارباکس می‌بینم و مثل همیشه می‌خواهم خودم را از شر پول خردها راحت کنم که می‌بینم حالش را ندارم. یک اسکناس پنج دلاری می‌دهم و چند پول خرد به پول‌هایم اضافه می‌شود. قهوه‌ام را برمی‌دارم و به سوی نیمکت همیشگی به راه می‌افتم. مرد میان‌سالی روی یکی از صندلی‌ها نشسته است. می‌خواهم راهم را کج کنم که با اشاره و لبخندش یخم آب می‌شود و روبروی‌اش می‌نشینم. انگار خودم هم باورم شده که زن‌ها بدون کیف چیزی کم دارند. هر وقت اینجا می‌آیم، فقط دفترچه و خودکار و کیف پول خردم را برمی‌دارم تا جلوی فرار خودم را بگیرم و به بهانه‌ی خرید نوشتن را به روزی دیگر واگذار نکنم. اما حالا در حضور این مرد دفترچه‌ام غریبی می‌کند و روی پاهایم جا خوش کرده است. سردم شده و به تقلید از مادرم قهوه را دودستی می‌گیرم و آرام به گونه‌ام می‌چسبانم. دفترچه و خودکارم روی زمین می‌افتند. مرد خم می‌شود و با احترام آن‌ها را به دستم می‌دهد. تشکر می‌کنم اما هیچ حرف دیگری نمی‌زنم. هوا هم خوب نیست تا با تعریف از هوای آفتابی سر حرف را باز کنیم. منتظر می‌مانم تا قهوه‌اش را تمام کند و برود. بعد من می‌مانم و یک صندلی خالی. کتم را برای جلوگیری از آمدن غریبه‌ای دیگر روی دسته‌اش می‌اندازم. امروز حوصله‌ی آدم‌های بور و بلوند را ندارم؛ برگشته‌ام به سال‌های سیاه و سفید. جرعه‌ای قهوه سر می‌کشم و داستان را توی ذهنم مرور می‌کنم تا بعد برای کسی تعریفش کنم.

دختر یک خان بزرگ پشت دیوار مسجد توی سه کنج دیوار نانوایی شب از سرما یخ زده و صبح شهرداری جنازه‌اش را برداشته است. حتماً آن روز نمازخوان‌های سحرخیز از کنار جسد که رد شده‌اند با انداختن یک سکه‌ی ناقابل، کفاره‌ی

گناهانشان را داده‌اند و بعد از نماز نان تازه از حاج آقا برار خریده‌اند و استغفارکنان پی کار و کاسبی‌شان رفته‌اند.

این پایان قصه است. اما من نقطه‌ی شروع را ندارم. قصه شخصیت دارد، نقطه‌ی اوج و بحران‌های ریز و درشت دارد و حتی یک عشق افلاطونی که زیادی کهنه و ازمُدافتاده است. دختر قصه خوش آب و رنگ است. و مرد ماجراجوی قصه یک امنیه‌ی خوش‌قدوبالا با سبیل‌های پرپشت سیاه است که یک عکس سیاه و سفید شش در چهار با حاشیه دالبری از او توی قوطی سیگار نقره‌ای نقش‌دار پری جان جا خوش کرده است و من پری جان قصه‌گو را بارها در حال نوازش قوطی سیگار نقره‌ای دیده‌ام. قوطی سیگار قاب عکس امنیه‌ای بود که من چیز زیادی از او نمی‌دانستم اما خاله که محرم اسرار بود عکس را تماشا کرده بود و اگر دروغ نگویم مهر پشت عکس را هم دیده بود وگرنه چرا من هر بار مهر عکاسی مایاک و امنیه را با هم به خاطر می‌آورم؟ من پری جان را در دهه‌ی چهارم عمرش دیده بودم زمانی که خاله حوری یکی از اتاق‌هایش را به او کرایه داده بود. و از آن به بعد هر بار حین گفت‌وشنودهای چای عصرانه‌ی مادر و خاله حوری، من یک تکه از قصه را شنیده بودم. یک بار وسط تعریف شنیدم که خاله می‌گفت پری جان با پرِ بوقلمون به جان خودش افتاده و بچه را انداخته و مادر انگار که از سرما لرز کرده باشد خودش را جمع می‌کرد و استکان چای را به گونه‌اش می‌چسباند. سال‌ها بعد وقتی که برای کورتاژ توی اتاق عمل دراز کشیده بودم آخرین تصویر قبل از بی‌هوشی‌ام پری جان بود که با پرِ بوقلمون خونین و بی‌جان میان کاه‌های طویله افتاده بود. و بعد از آن برای همیشه آواره‌ی شهر شده بود.

قهوه‌ی سردم را سر می‌کشم و به امنیه‌ی جوان بخت‌برگشته‌ای فکر می‌کنم که برای ختم غائله به روستای سرچمان رفته بود. دعوای دو قبیله تمامی نداشت و بعد از کشته‌شدن یکی از افراد قبیله‌ی دشمن، قرعه‌ی فال به نام امنیه‌ی جوان افتاده بود که شب و روز در رفت و آمد به خانه پری جان بود و مثل همه قصه‌ها پای عشق هم به وسط کشیده شد. یک روز قرار شد دشمنی بی‌امان دو قبیله با

خون‌بهاء فراموش شود و پری جان سوار بر اسب سفید بخت به خانه دشمن رفت. آب‌ها از آسیاب افتاد. دو قبیله شب‌ها به آرامی سر به بالین گذاشتند اما پری جان حاضر نشد نطفه‌ی دشمن را در وجودش به بار بنشیند. بر سر امنیه و عشق ناکامش چه آمد، من هم نمی‌دانم اما زندگی پری جان را تا سال‌های بعد از جنگ هم به یاد دارم.

زمستان سالی که پری جان به خانه‌ی خاله حوری آمد، هم‌زمان شد با رفتن پدرم به جنوب و شب‌نشینی‌های زنانه که به برکت آن من با جادوی قصه آشنا شدم. از مادرم هیچ قصه‌ای غیر از بز زنگوله‌پا به یاد نداشتم. پری جان اما خدای قصه بود. با قصه‌ی باغ گل زرد و باغ گل سرخ، من طلسم لحن گیرای زنی شده بودم که آدم‌های قصه را طوری ترسیم می‌کرد که انگار پای تلویزیون غول‌پیکرمان نشسته‌ام و کارتون تماشا می‌کنم. من مشتریِ هر شب این شهرزاد قصه‌گو بودم. غرزدن‌ها و خرده‌فرمایش‌های برادرها و خواهر بزرگم را به جان می‌خریدم تا مانع عیش من نشوند گرچه بارها خودشان را محو قصه‌گویی پری جان غافل‌گیر کرده بودم، باز به رویشان نمی‌آوردم. من با قصه‌ی غصه‌های دختر عروسک چینی هزار تکه شده‌ام، با به حج‌رفتن روباه قاه‌قاه خندیده‌ام، برای بی‌بی ناردونه دعا کرده‌ام و ملک جمشید را بارها در خواب بوسیده‌ام از بس که پری جان در وصف رُخش قصه‌ها گفته بود.

شبی که داستانِ «به‌دنبالِ فلک» را تعریف می‌کرد، نمی‌دانستم این آخرین داستانی خواهد بود که دیوارهای خانه ما به یاد خواهند داشت. دیو جنگ پشت در خانه‌مان ایستاده بود و ملک جمشید در ته چاه اسیر بود. پری جان لب از قصه فرو بسته بود و در سکوت به فرار ما از شهری که او به آن پناه آورده بود، می‌نگریست. هر بار، وقتی بعد از چند ماه آوارگی به شهر برمی‌گشتیم، پری جان دل‌مرده‌تر از قبل بود. مرض قند هم گرفته بود و بی‌هیچ ترسی از مرگ حاضر به ترک شهر نبود. حالا دیگر به جای قصه می‌توانستی مویه‌ی دلگیر او را در وصف کشته‌شده‌های جنگ و بمباران‌های شهر بشنوی. درد و سوزی که در صدای او

موج می‌زد صاحب عزا را به حرمت خود وامی‌داشت. خاله از این بابت خیالش راحت شد که پری جان مهمان حرمت‌دار خانه‌ها شده و اگر اتفاقی بیافتد کسی هست که یاری‌ش کند.

جنگ تمام شد اما دیگر صدای شهرزاد قصه‌گو زیر سقف هیچ خانه‌ای شنیده نشد. و ما آن‌قدر بزرگ شده بودیم که به تنهایی پناه ببریم. حالا همه‌ی مادرها قصه‌گو شده بودند اما برای شنیدن قصه باید به قبرستان می‌رفتی. هر مادری ملک جمشیدی را از دست داده بود و صدای همسرایی مادرها در قبرستان شهر دیو سیاه قصه‌های پری جان را با شیشه‌ی عمرش به یاد من می‌آورد.

... و در هیاهوی روزگار، وصیتِ زنی قصه‌گو که خواسته بود پشت درخت کهنسال روستای سرچمان خاک شود، به گوش کسی نرسید و یک جفت گوشواره‌ی اشرفی قدیمی که قرار بود خرج کفن و دفنش شود، مفت چنگ مرده‌خورها شد.

... و حالا من میراث‌دار قصه‌های زنی هستم که نوبتش را انتظار می‌کشد، بی‌هیچ خنده‌ای.

پروانه‌ها

لیلا ده‌بزرگی

تمام بچه‌های فامیل پروانه شده‌اند و به‌دنبال هم دورِ حوض آبی و تمیز خانه‌ی مادربزرگ می‌دوند. مادربزرگ هم پروانه شده است. پروانه‌ای بزرگ که گوشه‌ای کز کرده و بال‌های خال‌خالی‌اش را مانند چادری به‌روی خودش کشیده است. دستم را برای گرفتن مادربزرگ پیش می‌برم. سرش را بلند می‌کند و به من نگاه می‌کند و می‌گوید: «آن‌ها بال کوچک تو را هم می‌شکنند.»

اما چرا بالِ مادربزرگ شکسته بود! بچه‌ها به‌روی هم آب می‌پاشند. آب به‌روی من هم پاشیده می‌شود. ناله‌ای می‌کنم. سعی می‌کنم چشمانم را باز کنم ولی نمی‌توانم. دوباره از حال می‌روم.

چشمان ورم‌کرده‌ام را به سختی باز می‌کنم. نفسم به‌سختی بالا می‌آید. از ترسِ این‌که بفهمند به هوش آمده‌ام، تکان نمی‌خورم. مطمئن می‌شوم که به سلولم برگردانده شده‌ام، نگاهی به اطراف می‌اندازم و پاهایم را در شکمم جمع می‌کنم و بعد دست‌هایم را بینِ پاهایم می‌گذارم. سردم است، اما گرمیِ خون را در پاهایم

حس می‌کنم. سعی می‌کنم خون دلمه‌شده‌ی کنار لبم را با دست پاک کنم. صدای بسته‌شدن دریچه‌ی کوچک در آهنی، که گاهی برای غذادادن باز می‌شود، می‌آید. شاید می‌خواهند از زنده بودنم مطمئن شوند. چشمانم را می‌گردانم و روی باریکه نوری که از پنجره‌ی کوچکِ نزدیک سقف می‌تابد، خیره می‌مانم. تنها روزنه‌ای که برای دانستن روز و یا شب به آن نگاه می‌کنم.

* * * * *

دریچه‌ی کوچک آهنی را که مخصوص غذادادن به زندانی‌ست، آهسته باز می‌کنم. او را می‌بینم که همچنان بی‌حرکت روی کف سلول افتاده و موهایش پریشان به‌روی صورتش ریخته است. دست و پایش را مانند جنین در شکمش جمع کرده است. دیشب او را برده بودند و نزدیکی‌های صبح برش گرداندند. زیبایی صورتش و اندام کشیده‌اش دلم را به لرزه درمی‌آورد. خودم را در کنارش مجسم می‌کنم که در آغوشش گرفته‌ام. هر بار که او را در این حال می‌بینم، گویی بندبندِ وجودم را می‌کشند. صدایی از او نمی‌آید. فقط گاهی آهسته ناله‌ای می‌کند و کلماتی نامفهوم از دهانش بیرون می‌آید. روی زمین سرد افتاده و جوی باریکی از خون در کنار تنش روان است. با شنیدن صدای پایی آهسته دریچه را می‌بندم و شروع می‌کنم به قدم‌زدن.

* * * * *

نمی‌دانم امروز چه روزی است و چند روز است که اینجا هستم. سردم است. خودم را کشان‌کشان به سمت پتوی سیاه می‌کشانم. گرسنه و تشنه‌ام. به ظرف غذا نگاه می‌کنم. تکه‌ای نان و پنیر خشک در آن است. با دستی لرزان تکه نان را برمی‌دارم. لبانم را با زبان خیس می‌کنم و تکه نان را همراه با طعم خون در دهانم می‌جوم و آرام قورت می‌دهم. خودم را کمی بالا می‌کشم و به دیوار تکیه می‌دهم. سمت چپ سرم درد می‌کند. به سرم دست می‌کشم. جای زخم را حس می‌کنم. هنوز از آن خون می‌آید، ولی اهمیتی نمی‌دهم. نوری که از روزنه‌ی

کوچک می‌تابد، نشان می‌دهد که روز است. چشمانم را می‌بندم. تمام بدنم را لرز گرفته است. می‌گویم: «کمی آب به من بدهید.»

* * * * *

صدایی از داخل سلول می‌آید. پنجره‌ی کوچک را باز می‌کنم. می‌بینم که به هوش آمده، نشسته و به دیوار تکیه داده است. نمی‌داند نگاهش می‌کنم. صورتش مثلِ یک مینیاتور است. موهای مشکی با پوست سفید صورتش در تضاد است. زیر لب چیزی می‌گوید. سعی می‌کنم بفهمم که چه می‌خواهد. مثل این‌که آب می‌خواهد. پنجره را می‌بندم و به سرعت از راهرو زندان بیرون می‌روم. به سمت اتاق حاج آقا راه می‌افتم تا اجازه بگیرم آیا می‌توانم به او آب بدهم یا نه. حاج آقا پشت میز نشسته و تسبیح دانه‌درشتی را با انگشتانش می‌چرخاند. بعد از گرفتن اجازه، لیوانی آب برمی‌دارم و در سلول را باز می‌کنم و داخل می‌شوم.

* * * * *

با شنیدن صدای در به سمت آن می‌چرخم. صدایم را شنیده‌اند. یک نفر با لیوانی آب وارد می‌شود. نزدیک می‌شود و به موهایم دست می‌کشد. لیوان را به دهانم نزدیک می‌کند. چند جرعه آب می‌خورم. سرم را بالا می‌گیرم. نگاهم به نگاهش می‌افتد. احساس می‌کنم جور خاصی نگاهم می‌کند. خودم را گنجشکی می‌بینم که در دست عقابی گرفتار شده است. بی‌آن‌که حرفی بزند، بلند می‌شود و می‌رود و در سلول را پشت سرش می‌بندد.

* * * * *

بعد از این‌که آب را خورد، سرش را کمی بالا آورد و نگاهش را به نگاهم دوخت. باز هم دلم لرزید. چه نگاه عجیبی! فقط لحظه‌ای نگاهم کرد و بعد سرش را پایین انداخت و دیگر حرکتی نکرد. بیرون می‌آیم و در سلول را پشتِ سرم

می‌بندم. وسوسه‌ی عجیبی در وجـودم افتاده است. بـرای لمس‌کردن او دل در سینه‌ام در تلاطم است.

* * * * *

سردم است. تمام تنم یخ کرده است. پتو هم گرمم نمی‌کند. همچنان می‌لرزم. صدایی از دور می‌آید. صدای مادرم است که برایم لالایی می‌خواند. می‌آید پیشم و بغلم می‌کند. صدایش می‌زنم و از او می‌خواهم که گرمم کند و تن یخ‌کرده‌ام را در آغوشش بگیرد. دست‌هایش را به‌روی تنم می‌کشد. دست‌هایش گرم است. از پشت مرا بغل می‌کند و می‌بوسد. چقدر خوابم می‌آید. تنم سبک و چشمانم سنگین شده است. دیگر نمی‌توانم بیدار بمانم. دلم می‌خواهد مادرم لالایی بگوید تا بخوابم.

* * * * *

شب شده است و همه رفته‌اند. ترس و وسوسه در من در ستیزند. درِ سلول را آهسته باز می‌کنم. به درون می‌روم. گوشه‌ای زیر پتوی سیاه کز کرده است. در کنارش دراز می‌کشم. مادرش را صدا می‌زند. دستم را به روی موها و بدنش می‌کشم. رخوت لذت‌بخشی در وجودم جاری می‌شود. تنش یک‌پارچه یخ است. دکمه‌های پیراهنم را باز می‌کنم و قسمت لخت بدنم را به بدنش می‌چسبانم. از پشت بغلش می‌کنم و شانه‌هایش را می‌بوسم. دیگر حرکتی نمی‌کند. ناله هم نمی‌کند. محکم به او می‌چسبم و پتو را به‌روی خودم می‌کشم. پوستش مثل مرمر صاف است. بدنش را لمس می‌کنم. چقدر سرد است!

چشمانم را می‌بندم و از وجودش لذت می‌برم. از کنارش برمی‌خیزم. دکمه‌هایم را می‌بندم و چادرم را سَرم می‌کنم. در را باز می‌کنم و خارج می‌شوم.

* * * * *

لیلا دهبزرگی ◇ ۱۱۵

امروز دو نفر برای بردن جسدش آمدهاند. با کمک آنها او را روی برانکارد می‌خوابانم. قبل از کشیدن ملافه بر روی صورتش نگاهی به او می‌اندازم. پوست صورتش سفیدتر شده است. ملافه را به‌رویش می‌کشم و برگه‌ی تحویل را می‌گیرم. آن‌را می‌خوانم. نگاهم به‌روی اسمش ثابت می‌ماند: لاله بهاری.

یکی از مردها در حین رفتن برمی‌گردد و می‌پرسد: «چیزی گفتید خواهر؟»

می‌گویم: «نه، ببریدش.»

گــور

محمود فرحبخش

شب مستولی بود. آسمان و فضا قیرگون بود. زن به آرامی از خانه بیرون زد. بیل و کلنگی بر شـانه و جعبه‌ای مقـوایی در دست، به سنگینی و در سکوت قدم برمی‌داشت.

چون سِحرشدگان راهِ قبرستان را در پیش گرفته بود.

سکوت بود و تنها صدای شب شنیده می‌شد. حتی جیرجیرک‌ها هم ساکت بودند.

در گوشه‌ای که پیش از آن در نظر گرفته بود، جعبه‌ی مقوایی را بر زمین نهاد و بیل و کلنگ را از شانه فروگذاشت. در جعبه را باز کرد و چراغ‌دستی را از آن بیرون آورد.

محل گور را با گذاشتن چهار قلوه‌سنگ از قبل مشخص کرده بود. دست به کارِ کندن شد.

شتاب داشت و پس از چندی تمام تنش خیس عرق شد. نرمه‌بادی که می‌وزید خنکای لطیفی بر گردن و تنش می‌نشاند. به تندی کلنگ می‌زد و با شتاب خاک‌ها را از گودال بیرون می‌ریخت.

گه‌گاه می‌ایستاد، با آستین عرق پیشانی‌اش را بر می‌گرفت و دوباره با عجله‌ای بیشتر ادامه می‌داد.

چند بار چراغ‌دستی را روشن کرد و به داخل گودال نگاه کرد. هنوز مراد حاصل نشده بود.

کمرش درد گرفته بود اما باعث نمی‌شد که دست از تلاش بردارد. خستگی امانش را بریده بود و از توانش می‌کاست و سبب کندی حرکات و سرعت کارش می‌شد.

می‌ایستاد، کمر راست می‌کرد، چند نفس عمیق می‌کشید تا کمی جان بگیرد و بعد با شتاب بیشتری ادامه می‌داد.

یک لحظه به نظرش رسید که در سیاهی پیرامونش اشباحی ایستاده‌اند و خیره نگاهش می‌کنند. ولی می‌دانست در آن وقت شب هیچ‌کس آن‌جا نیست. در دل به خود نهیب زد تا دچار خیالات نشود. او باید به هر صورت کار را به پایان می‌برد.

گه‌گاه چراغ‌دستی را روشن می‌کرد، نظری به داخل گودال می‌انداخت و بلافاصله آن را خاموش می‌کرد.

در دل تاریکی نگاهی به بالا انداخت. شهاب سنگی را دید که خطی نورانی بر آسمان انداخت و به ظلمت پیوست.

عمق گودال به بالای زانوهایش رسیده بود. فکر کرد باید کافی باشد. بیرون آمد، جعبه را برداشت و آن را با خود به داخل گودال برد.

هر آنچه را در جعبه بود در کف گور گذاشت.

لباس‌هایش را با آرامش یکایک از تن برگرفت. لحظه‌ای وزش نسیم را بر سراپای لختش حس کرد که به آرامی خاطرات ماندگارش را از وجودش جدا و با خود می‌برد.

با آن که ظلمت فراگیر بود، باز هم خم شد تا از دیدِ اشباح خیالی در امان باشد.

پیراهنش را از توی جعبه درآورد و پوشید. لباس‌های پیشین را در جعبه گذاشت، در آن را بست، چراغدستی را روشن کرد و آن را روی جعبه گذاشت.

نور چراغدستی چشم‌های پر از اشکش را درخششی تازه بخشیده بود.

از گور بیرون آمد و با عجله شروع به پر کردن گودال کرد.

هنگامی که خاک‌ها را به جای پیشین برگرداند با متانت قد راست کرد. روشنایی روز را در افق دید. چند نفس عمیق کشید، بیل و کلنگ را برداشت و چونان پرنده‌ی مهاجر نیمه‌جان راه خروجی ده را در پیش گرفت.

به هنگام رفتن دامنش را کمی بالا می‌گرفت تا خاکی نشود. رویش را هم اصلاً برنگرداند تا محل قبر را برای همیشه فراموش کند.

سکوت

مرتضی مشتاقی

ملاتقی جلوم سبز شد، چشمامو تو چشاش دوختم، با یه دست کلاج رو گرفتم و با دست دیگه‌ام گاز دادم. موتور چنان نعره‌ای کشید که ملاتقی از ترس به خودش لرزید، ولی چیزی نگفت یعنی چیزی نمی‌تونست بگه، چشمشو دزدید و آسمونو نیگاه کرد. بعد آروم صلوات فرستاد. غرش موتور فاطی خانمو که غرقِ فاتحه‌خونی بود از سرِ قبر بلند کرد، تا منو دید دوباره نشست، مگه جرأت داشت نشینه. از لابه‌لای قبرها ویراژ دادم، اونم با یه موتورِ واقعی، بی‌این‌که از حنجره‌ام صدای موتور درآد یا به نفس‌نفس بیافتم. تمام مسیرهای پیچ درپیچِ قبرستونو بلد بودم، حتی می‌تونستم چشم‌بسته سرِ پیچ‌ها دور بزنم. از بچگی تا همین چند وقت پیش، اون‌قدر با طوقه‌ی دوچرخه ادایِ موتورسوارها رو در می‌آوردم و دورِ قبرها می‌چرخیدم که همه‌ی مسیرها تو ذهنم حک شده، اون‌قدر بازی می‌کردم که دادِ ملاتقی درمی‌اومد.

«مگه این‌جا جای بازیه؟ گناه داره. خجالت نمی‌کشی با این هیکلت هنوز هم با یه چرخ بازی می‌کنی؟ روحِ این مرده‌ها به خدا شکایت می‌کنند. شب اول قبر نکیر و منکر از گناهات نمی‌گذرند.»

اونقدر صدای موتور درمی‌آوردم و می‌چرخیدم که صدام می‌گرفت. ملاتقی کفری می‌شد و از اتاق چایخوریش که دم در قبرستون بود، چوبی برمی‌داشت و دنبالم می‌کرد.
«برو بیرون بچه پررو... برو جلو خونه‌تون بازی کن نامسلمون.»

تا بیرونم نمی‌کرد آروم نمی‌گرفت. مردیکه با این‌که خونه‌مون رو بلد بود، انگار نمی‌دونست جلوی خونه‌ی ما می‌شه همین قبرستون.

حالا اگه جرأت داره زرت و پرت کنه، دیگه از طوقه‌ی دوچرخه خبری نیست، این یه موتور واقعیه با صدای واقعی. دوباره کلاج رو گرفتم و گاز دادم، عربده‌ی موتور نفس‌کش می‌طلبید. فاطی خانم خودش رو جمع‌وجور کرد تا راهیِ خونه بشه. می‌دونم اگه من نمی‌اومدم تا غروب هم سر قبر می‌نشست و فاتحه می‌خوند، بذار گورشو گم کنه. حتم دارم فردا دوباره برمی‌گرده تا مثل هر روز برای شوهرِ جوونمرگش فاتحه بخونه و خرما پخش کنه؛ اینو همه‌ی اهالی ده می‌دونن. آی کجایی ممدکچل، اگه می‌دونستی زنت این‌قدر دوستت داره، شیش ماه بعد از عروسیت تا خرخره عرق نمی‌خوردی و کامیونو تهِ دره نمی‌فرستادی تا این‌جوری فاطی خانم بعد از دو سال، هنوز سیاه‌پوشت باشه.

به افتخار فاطی خانم یه تک‌چرخ زدم و تو یه چشم به‌هم‌زدن جلوی قبر ممدکچل زدم رو ترمز ، دولا شدم یه مشت خرما برداشتم و بی‌صلوات چپوندم تو دهنم. هسته‌ها رو یکی‌یکی رو سنگش تف کردم. ممدی پاشو، نگاه کن چه موتوری خریدم. یه موتورِ واقعی، گفته بودم که یه روز با موتور واقعی می‌آم سراغت. اگه یه ذره زنت معرفت داشت، پارسال صاحبِ این موتور شده بودم. کلاج رو گرفتم و گازیدم. چه صدایی، می‌شنوی ممدی؛ صداش گرگ رو فراری می‌ده.

آخرین هسته‌ی خرما رو روی سنگ قبرش انداختم: آخه به تو هم می‌گن مرد؟ می‌دونی این عرق‌خوری و نماز نخوندنت چقدر برات گرون تموم شد. زنت همه‌ی

دار و ندارشو داد به ملاتقی تا بدهکاری نماز روزه‌های تو رو بخره. هر کاری از دستم بر می‌اومد کردم ولی این فاطی خانم انگاری ما رو آدم حساب نمی‌کنه. گفتم فاطی خانم من خودم چند برابر بدهکاری‌های نماز روزه ممد آقا رو پس می‌دم، روزی صد تا هم صلوات اضافی براش می‌فرستم، گوش نکرد که نکرد. انگاری نماز روزه‌ی من هیچی نمی‌ارزه... اگه قبول می‌کرد، لازم نبود اون‌همه طلا رو بده به ملاتقی... آخه بد گفته بودم؟ با نصفِ نصفِ اون پول، کارش راه می‌افتاد و منم موتوردار می‌شدم، اما فاطی خانم قبول نکرد که نکرد.

دور زدم به طرف امامزاده که وسط قبرستون بود، از همون بیرون دورش چرخیدم. اون‌روز که دلم از بی‌موتوری گرفته بود، طوقه‌مو گذاشتم کنار کفش‌هام، رفتم تو، ضریح رو دو دستی چسبیدم، گریه کردم، التماس کردم، آخه چی می‌شه یه موتور به من بدی آقا؟ این همه پول دورِ قبرت ریخته، آخه اینا رو می‌خوای چی‌کار؟ تو که چیزی نمی‌خوای بخری، تو که خرج شکم نداری، تو که حاجت همه رو می‌دی چه نیازی به پول داری؟ چی می‌شه نظری به منِ محتاج بندازی، آخه مگه من بنده‌ی خدا نیستم؟ بعد اون‌قدر گریه کردم که دیگه اشکم درنیومد. نه نمی‌رم، باید برام کاری کنی آقا. چشمم همه‌جا رو گشت اما هیچ‌جور نمی‌شد به پول‌ها رسید. رو سقف ضریح یه سوراخ به اندازه‌ای که یه گربه ازش رد شه بهم چشمک زد. گفتم نوکرتم آقا، خودم گشادش می‌کنم .

شب راهی شدم. با این‌که یه داس تیز دستم بود می‌ترسیدم. باید بفهمم که ملاتقی امشب برای خوندن نماز شب تو امامزاده‌ست یا رفته خونه‌ی باغی پیش عیالش. اگه سنگ بشم چی؟ از پشت قبرستون یه ضرب رفتم سراغ امامزاده. می‌ترسیدم، نمی‌دونم چقدر کمین کردم، نیمه‌شب خواستم برم تو، اما در قفل بود. خوشحال شدم. قفلِ زپرتی بهم گفت که هیچ‌کس اون تو نیست. صدای قلبم رو می‌شنیدم. اگه سنگ بشم چی؟ تو یه چشم به‌هم‌زدن پریدم بالای ضریح، نه، دست‌هام سنگ نشد. اولین ضربه رو که زدم به سوراخی، چوب‌های پوسیده شکست و با کون از اون بالا افتادم توی ضریح. از ترس و درد تکون نخوردم.

گفتم لااقل کونم سنگ شد، اما زود فهمیدم اینطور نیست فقط دردِ افتادن روی سنگ قبر آقاست. پول‌ها رو ریختم تو کیسه، مگه تموم‌شدنی بود. همون‌جا صدای موتور بود که تو گوشم آواز می‌خوند. یه تک‌چرخ زدم و یه بار دیگه دور امامزاده چرخیدم.

بنزین داره ته می‌کشه، روندم به‌طرف درِ قبرستون، جلوی اتاق چایخوری ملاتقی ترمز کردم، می‌دونستم اون تو نشسته، کلاج رو گرفتم و گازیدم. اگزوز خودشو جر داد اما ملاتقی بیرون نیومد. یعنی جرأت نداشت بیاد بیرون. به درِ اتاق زُل زدم. اون شب خیلی ترسیده بودم. تو یه دستم داس بود، دست دیگه‌ام کیسه‌ی پول‌ها، صدای باد خیالاتیم کرده بود. انگاری ازمابهترون دنبالم بودند. از ترس نمی‌دونستم چی‌کار کنم، به طرف در قبرستون فرار کردم، به اتاق چایخوری که رسیدم پاهام سنگین شد، انگاری داشت راست‌راستی سنگ می‌شد، می‌لرزیدم، نای رفتن نبود. انگاری کسی داشت نزدیک می‌شد. یه تنه‌ی محکم به در زدم و افتادم تو. همین‌که توی اتاقو دیدم خشکم زد. ملاتقی هم که لخت روی فاطی خانم خوابیده بود، خشکش زد. هیچ‌کس حرفی نزد، من هم هیچی نگفتم. حتی آبادی نفهمید که امامزاده رو دزد زده. گاز دادن دیگه فایده نداره، بیرون اومدنی نیست، یعنی نمی‌تونه بیاد بیرون. قبرستونو ولش، پیش به سوی پمپ بنزین سرِ جاده.

عبور از عرض خیابان

منوچهر رضابیگی

تا پایم را از درِ خانه می‌گذارم بیرون، چشم‌هایم می‌سوزند و پر می‌شوند از اشک. دستمالی از جیبم درمی‌آورم. اول گوشه‌ی چشم‌هایم را پاک می‌کنم و بعد شیشه‌های عینکم. عجله‌ای برای رفتن ندارم. مرد بازنشسته‌ای که اخبار ساعت هفت صبح را شنیده و دغدغه‌اش خرید یک روزنامه و یک نان سنگکِ داغ است، چه عجله‌ای برای رفتن دارد. طول کوچه را آرام‌آرام طی می‌کنم تا زن همسایه که خودش را چادرپیچ کرده مثل همیشه سلام کند و منتظر جوابم نماند. علیکِ سلام گفتن من به اندازه‌ی سه چهار نفر از صف شیر سهمیه‌ای عقبش می‌اندازد. می‌رسم سر کوچه. هنوز از آقای بابایی خبری نیست. دیروز نبود. پس امروز می‌بایست قابلمه به‌دست پیدایش بشود. بالاخره می‌بینمش که تر و فرز از خیابان می‌گذرد و می‌آید به سمت من. بعد از این که سلام و احوالپرسی می‌کنیم، جمله‌ی همیشگی‌اش را تکرار می‌کند:

«هفته‌ای دو سه بار آبِ کله‌پاچه بخور، آقای ابراهیمی. از آرتروز جلوگیری می‌کنه.»

سری به علامت نفی بالا می‌برم و مثل همیشه می‌گویم:

«کلهپاچه دوست ندارم، جناب بابایی. حالم رو بههم میزنه. تازه من چربی خون دارم.»

دستی بالا میبرد و میرود که هنوز برایم مشخص نیست معنیِ خداحافظی میدهد یا هیچی حالیات نیست. من هم دستم را به همان شکل و به همان اندازه میبرم بالا و میروم. باید اول بروم از دکهی آن سمت خیابان روزنامهای بخرم و بعد بیایم به این سمت و بایستم توی صف نان. این طوری تا وقتی نوبتم میرسد، صفحهی اول و آخر روزنامه را نگاهی میاندازم و در صفایستادن خستهام نمیکند. روزنامه را میگیرم و برمیگردم. هنوز از وسط خیابان رد نشدهام که با صدای ترمز ماشینی از زمین کنده میشوم. چند متری میروم به آسمان و بعد با سر میخورم زمین. هم شکستن جمجمهام را حس میکنم و هم خیسی خونی که از سرم فوران میکند. درد تمام وجودم را میگیرد، اما نمیتوانم به خودم بپیچم. درازبهدراز میافتم و چشمانم خیره میمانند به آسمان. مردی میآید بالای سرم. کتوشلوار مشکی پوشیده و پیراهنِ سفیدی به تن دارد. دستمالی هم انداخته دور گردنش. کلاه دورهدارش را برمیدارد و بهجای اینکه بزند توی سرش، دندانهای کرمخوردهاش را میاندازد بیرون و آهسته میگوید:

«چه کیفی میکنم وقتی آشغالی مثل تو رو زیر میگیرم. تا تو باشی و روزنامه دست نگیری!»

و بعد شروع میکند به خندیدن. تا وقتی قیافهاش در قاب چشمم سیاه میشود، صدای قاهقاهش همچنان به گوشم میرسد.

چشم که باز میکنم جلوی خانهام. نه کوفتگی دارم و نه شکستگیِ سر. سالمِ سالمم. حتی لباسهایم هم کثیف نشده. تردیدی نمیکنم که مردهام و روحم آمده درِ خانه تا از سارا خداحافظی کند. کلید را از جیبم درمیآورم. در را باز میکنم و میروم تو. سارا چایی را دم کرده است و ظرف پنیر و مربا را گذاشته روی میز. برمیگردد به سمتِ من. شاید صدای باز شدن درِ هال را شنیده است.

می‌پرسد:

«نون نگرفتی!؟»

برای لحظه‌ای فکر می‌کنم که نمرده‌ام ولی بعد به خودم می‌گویم سگ که نیستم تا هفت جان داشته باشم. تازه اگر هم هفت جان می‌داشتم محال بود که از تصادفی آن‌چنانی جان سالم به در برده باشم. دوباره می‌پرسد:

«چرا دم در نشستی و بِر و بِر نگام می‌کنی؟ پرسیدم چرا نون نگرفتی؟ روزنامه‌ات کو؟ نکنه بیرون خبرهاییه؟»

تردید دارم که صدایم را بشنود، اما لب باز می‌کنم:

«نه بابا، چه خبری!»

«پس چرا دست خالی برگشتی؟»

صدایم را شنیده! از جوابی که به سؤال‌هایش دادم پشیمان می‌شوم. بهتر بود که به بهانه‌ای می‌فرستادمش بیرون تا خبر تصادف‌کردنم را کس دیگری بهش بدهد. می‌گویم:

«آره، خبراییه. آن هم چه خبرهایی. خودت برو و ببین.»

با تعجب نگاهی بهم می‌اندازد و زیر لب می‌گوید:

«خیر باشه!»

مانتویش را می‌پوشد و در حالی که گره روسریش را سفت می‌کند، می‌گوید: «چایی دم کشیده. تا زودی برمی‌گردم، چایی تلخی برای خودت بریز.»

می‌رود و نیم ساعت بعد برمی‌گردد با نان سنگکی در دست. انگار نه انگار که خبر ناگواری شنیده است.

* * * * *

هر روز همین بلا را بر سرم می‌آورد. معلوم نیست که از جانم چه می‌خواهد و چه

پدرکشتگی‌ای با من دارد. یک‌بار هم نشد که زن همسایه را زیر بگیرد، یا آقای بابایی را. مگر آن‌ها هم از عرض این خیابان عبور نمی‌کنند؟

اگر اصرار سارا و اسماعیل نبود، پایم را دیگر از خانه نمی‌گذاشتم بیرون، اما چه‌کار کنم که گیر دو تا آدمِ زبان‌نفهم افتاده‌ام. باز سارا خوب است، اسماعیل ول‌کن نیست. هر هفته که از کانادا به ما زنگ می‌زند، می‌گوید:

«بد به دلت راه نده، پدر جان. خواب یا خیالیه که یه روز از سرت می‌پره. خودم می‌آم و به یه روانپزشک نشونت می‌دم. مبادا خودت رو تو این سن و سال خونه‌نشین کنی. بیا ببین پیرمردها و پیرزن‌های اینجا با چه شور و شوقی سگ‌هاشون رو می‌برند پیاده‌روی.»

به او می‌گویم: به خدا خسته شده‌ام از این هر روز مردن و زنده شدن... و بغض امانم نمی‌دهد. به هق‌هق که می‌افتم، سارا گوشی را از دستم می‌گیرد و در حالی‌که به حرف‌های اسماعیل گوش می‌دهد، چَشم‌چَشم و باشه‌باشه می‌کند و ساعتی بعد، به هنگام برنج خیس‌کردن، یا سبزی خردکردن، یا گردگیریِ خانه آن‌ها را برایم تکرار می‌کند. اسماعیل می‌گوید:
«خواب و خیاله. تصادف چیه؟ ماشین کجا بود؟ اگه زبونم لال ماشین بهش می‌زد و می‌کشتش، خبر مرگش رو همسایه‌ها می‌آوردند!؟»
و بعد تنِ صدایش را آن قدر پائین می‌آورد که حرف‌هایش را به سختی بشنوم. می‌گوید که:
«نذار کسی بفهمه که خیالاتی شده. آبرومون می‌ره. هر روز بفرستش بره نون و روزنامه بخره. پیاده‌روی برای سلامتی‌اش خوبه. چه اشکالی داره، بذار با دست خالی برگرده و فکر کنه که ماشین بهش زده.»

* * * * *

هر روز با اکراه می‌روم بیرون. خودم که نمی‌روم. سارا با زور می‌فرستدم:

«برو مرد... برو... ماشین بهم می‌زنه یعنی چی؟ الان نُه ماهه که داری همین حرف‌ها رو تکرار می‌کنی و سر و مر و گنده برمی‌گردی خونه...»

توی خانه خوبم، اما تا پایم را می‌گذارم توی کوچه، بفهمی نفهمی شروع می‌کنم به لرزیدن. هوش و حواسم هنوز سر جاش است و می‌دانم که زن همسایه را باید هر روز ببینم و آقای بابایی را هر دو روز یک بار، اما نه دیگر حوصله‌ی جواب‌دادن ِ سلام ِ زن همسایه را دارم و نه دل‌ودماغ شنیدن ِ حرف‌های آقای بابایی را. آقای بابایی هم که ول کن نیست:

«چند بار بگم، آقای ابراهیمی. آبِ کله‌پاچه بخور. برای سلامتی‌ات خوبه.»

دلم می‌خواست بهش می‌گفتم: مرده‌ها که تغییر ذائقه نمی‌دهند آقای بابایی. و بعد با خودم می‌گویم: گفتن این حرف چه فایده‌ای دارد، اگر راست می‌گویی ازش بپرس: راستی آقای بابایی هیچ شده وقتی از خیابان عبور می‌کنی ماشینی زیرت بگیرد؟ و بعد به خودم می‌گویم: مگر کوری و قابلمه‌ی دستش را نمی‌بینی!؟ و در حالی که خودم را برای این پرسش نسنجیده سرزنش می‌کنم از خیابان رد می‌شوم. اتفاقی نمی‌افتد. می‌روم در دکه‌ی محسن آقا. اسکناس صد تومانی را می‌دهم دستش و روزنامه‌ای برمی‌دارم و برمی‌گردم. روزنامه را تا می‌زنم که بعداً سارا و اسماعیل نگویند: حتماً سرت توی روزنامه بوده و ماشین را ندیدی. منتظر می‌مانم تا خیابان از رفت‌وآمد بیافتد. وقتی مطمئن می‌شوم که ماشینی نمی‌آید پایم را می‌گذارم روی خط‌کشی ِ عابر پیاده و با احتیاط می‌روم به آن سمت، اما مثل همیشه تا از نیمه‌ی خیابان می‌گذرم، جیغ ترمزی می‌پیچد توی گوشم و به هوا پرت می‌شوم و با سر می‌خورم زمین و کمی بعد همان مرتیکه‌ی لمپن می‌آید بالای سرم و کلاهِ مسخره‌اش را از سر برمی‌دارد و دندان‌های کرم‌خورده‌اش را می‌اندازد بیرون و می‌گوید:

«دوباره زیرت گرفتم پیرمرد! تا تو باشی و دیگه روزنامه دست نگیری!»

هیچ‌وقت هم مجال نمی‌دهد که بپرسم: آخر چرا من؟

* * * * *

بعد از چند بار می‌آیم و نمی‌آیم، بالاخره آمد. اسماعیل را می‌گویم. دم دمای صبح رسید. از آن موقع تا حالا یک‌ریز سر به سرم می‌گذارد:

«بزنم تخته برات، از من هم جوون‌تری... این فیلم‌ها چیه بازی می‌کنی؟... ماشین بهم زده... مرده‌ام... تو که گرگ نمی‌گیردت... اصلاً بیا بریم ببینیم این کیه که با ماشینش تو رو هر روز زیر می‌گیره.»

می‌گویم:

«نه... نه... تو نیا. خودم می‌رم. شاید امروز نیومد. شاید امروز سالم برگردم خونه.»

بی‌فایده است. دستم را می‌گیرد و مرا می‌کشد دنبال خودش. انگار که بخواهد پسر هفت ساله‌ای را از خیابان بگذراند. چیزهایی را برایم توضیح می‌دهد که وقتی بچه بود خودم یادش داده بودم:

«ببین بابا... همیشه از محل عبور عابر پیاده برو اون سمت.»

می‌رویم محل عبور عابر پیاده.

«صبر کن تا چراغ عابر پیاده سبز بشه.»

صبر می‌کنیم تا چراغ سبز بشود و عابر پیاده‌ی سفید رنگ توی آن شروع کند به راه رفتن.

«حالا نگاهی به سمت چپ بکن و وقتی مطمئن شدی که ماشین نمی‌آد برو تا وسط خیابون.»

سمت چپ را نگاه می‌کنیم و می‌رویم تا وسط خیابان.

«حالا سمت راست رو نگاه کن و وقتی مطمئن شدی که ماشینی نمی‌آد، سریع برو اون سمت خیابون.»

سمت راست را نگاه می‌کنیم. ماشینی نمی‌آید و سریع می‌رویم به آن سمت. وقتی می‌رسیم با خنده می‌گوید:

«دیدی چقدر آسون بود؟ دیدی ماشین نزد بهت؟»

می‌گویم:

«نه... نه... هیچ‌وقت از این سمت اتفاق نمی‌افته. همیشه وقتی بهم می‌زنه که روزنامه به دست می‌رم اون سمت.»

می‌خندد و می‌گوید:

«به اونجا هم می‌رسیم.»

روزنامه‌ام را می‌گیرم. او هم نگاهی به انبوه مجلات و روزنامه‌های روی پیشخوان می‌اندازد و مجله‌ی ادبی مورد علاقه‌اش را برمی‌دارد و می‌گوید:

«تعجب می‌کنم که بعد از این همه سال هنوز منتشر می‌شه.»

می‌گویم:

«بعد از رفتنت چند بار دیگه توقیفش کردند، اما الان چند ماهیه که دوباره منتشر می‌شه.»

مجله را ورقی می‌زند و بعد راه می‌افتد که برویم آن سمت. یک لحظه با خودم می‌گویم وقتی با من پدرکشتگی دارد حتماً با او هم دشمن است. به همین خاطر پا سست می‌کنم و می‌گویم:

«تو نیا، اسماعیل. همین جا بشین و تماشا کن.»

باز هم می‌خندد و می‌گوید:

«نترس مرد... نترس... خودم همراهتم.»

ترسم را پنهان می‌کنم و دنبالش راه می‌افتم. چه فایده‌ای دارد که باز تکرار کنم که الان بیشتر از نه ماه است که هر روز این اتفاق برایم می‌افتد. مگر سارا باور کرده است که او هم باور کند. دستم را می‌گیرد و در حالی که راه و روش چگونه از خیابان گذشتن را برایم تکرار می‌کند، شانه به شانه‌ی خودش می‌کشاندم. هنوز از وسط خیابان نگذشته‌ایم که صدای ترمز ماشینی برمی‌خیزد و هر دوی ما را پرت می‌کند به آسمان.

* * * * *

می‌دانم که او هم مثل من مرده، اما به خاطر دل سارا هر روز بهش می‌گویم: «پاشو برو پی کار و زندگی‌ات مرد. اینجا می‌مونی که چی؟ از این خراب‌شده که پا بذاری بیرون، این فکر و خیال‌ها از سرت می‌پره.»

حرف نمی‌زند، هیچ. حتی نگاه خیره‌اش را از گل‌های قالی برنمی‌گیرد.

تصویرِ یک لاله

مهدی پارسی‌پور

از پنجره غروب خورشید را تماشا می‌کنم؛ رنگ‌پریده از دیوارهای آجری بالا می‌رود و هر چه به بالای دیوار و سیم خاردارهای روی آن نزدیک‌تر می‌شود، رنگ رخسارش از خستگی روزگار پریده‌تر می‌گردد. غروب همیشه برایم غم‌انگیز بود و غروب آن‌روز از همیشه اندوه‌ناکتر. تاریکی کم‌کم سایه‌اش را بر پهنای ذهنم می‌گستراند و ترس از تاریکیِ دوران کودکی دوباره در من بیدار می‌شد. دلهره از پرسش‌های بی‌پاسخِ ذهنم دوباره بیدار شده بود.

چند وقتی بود که به اتاقِ بیست منتقلم کرده بودند، چون گزارش شده بود که موضعِ من نامشخص است. وقتی که با ساک دستیِ وسایل شخصی‌ام وارد اتاق شدم، مسئول اتاق رو کرد به فیروز و گفت: «این هم‌تختیِ جدید توئه. جا باز کن تا مانی هم وسایلشو بذاره.»

فیروز شروع کرد به سروسامان‌دادن وسایلش؛ از دو تا یکی کردن قوطی‌ها تا مرتب‌کردن آن‌ها تا این‌که جایی باز شد و من وسایل شخصی‌ام را طوری که کاملاً معلوم باشد کدام مال من است و کدام مال فیروز، مرتب داخلِ قفسه‌ی بالای سرمان جا دادیم. آخر هیچ‌کس حق نداشت به‌صورت مشترک از وسایل

استفاده کند. همه‌چیز بایستی مشخص می‌شد و جدا از هم؛ از شیشه‌ی مربا گرفته تا خمیر دندان از پنیر صبحانه تا یک دانه نان سهمِ روزانه. حق نداشتی از سهم نان خودت و یا غذای خودت به کسی تعارف کنی. این چیزی بود که هر روز توسط مسئولین تکرار و یادآوری می‌شد. خلافِ خواسته‌ی آنان عمل‌کردن، حکایت از «سرِ موضعی» بودن تو داشت و به دنبالش سر و کارَت با تواب‌های داخلِ بند بود و پاسدارهای بیرون.

برای همین کاملاً حواس‌مان بود که وسایل‌مان با هم قاطی نشود، اما کم‌کم که با فیروز جفت‌وجور شدم، برخی از وسایلمان را پنهان از چشم مسئول اتاق و تواب‌های دیگرِ بند با هم استفاده می‌کردیم. بعدها که خصوصاً بیشتر با او رفیق شدم و فهمیدم که ملاقات‌کننده ندارد، به اصرار از او خواهش کردم برای خرید سیگار و چیزهای دیگر از پولی که برای من می‌آمد استفاده کند.

یکی از چیزهایی که ما معمولاً به صورتِ مشترک استفاده می‌کردیم، چوب‌سیگار بود که از شیشه‌ی آمپولِ بی‌حس‌کننده‌ی دندان درست می‌کردیم. شیشه‌ی آمپول را از درمانگاه زندان کش می‌رفتیم. و همچنین سیگار اوشنو ویژه‌ای که با نخ می‌بُریدیم و برای خوشبوشدن، آن‌ها را با پوست پرتقال و سیب توی قوطی سیگار می‌چیدیم.

هرچه زمان می‌گذشت و ما با هم بیشتر آشنا می‌شدیم، من بیشتر متوجه تنهایی فیروز می‌شدم. توی زندگی خصوصی‌اش او تنهای تنها بود. مادر و پدرش به‌خاطر بهایی بودن مجبور به مهاجرت شده بودند و فیروز تنها توی تهران زندگی و کار می‌کرد. قبل از این‌که سایه‌ی اعدام‌های سال شصت به روی زندانی‌ها گسترده شود، به‌صورتی کاملاً تصادفی دستگیرشده و به‌خاطر اعتراض‌های مکرر و به‌قول خودش کله‌شقی به یک‌سال حبس محکوم می‌شود.بعد از پایان محکومیتش آزادش نمی‌کنند و انگار که فراموش شده باشد، حدود سه سالی همچنان در زندان مانده و به اصطلاح «ملی‌کشی» می‌کند. در آن دوره مادربزرگِ فیروز سالی یک بار با زحمت زیاد از شمال می‌آمد به ملاقات نوه‌اش و چیزهایی، در حدی که اجازه می‌دادند، برایش می‌آورد.

یک‌روز که همه توی بند مشغول کارهای روزمره‌شان بودند و انتظار هیچ خبری را هم نداشتیم – چراکه روز ملاقات هم نبود – یک‌باره درِ بند باز شد و تعداد زیادی پاسدار هجوم آوردند داخل بند. صدای ضرب‌آهنگ کوبیده‌شدنِ پوتین پای آن‌ها توی بند همه را به سکوت و وحشت وادار نمود. آن‌هایی که داخل هواخوری بودند با فریادِ مسئول بند به اتاق‌های‌شان رانده شدند و کسانی هم که روی تخت‌شان ولو بودند به امر پاسدارها به کف اتاق‌ها آمدند و همه، رو به درِ سلول روی زمین نشستند. هیچ‌کس حق و یا جرأت حرف‌زدن و سؤال‌کردن نداشت. ناخودآگاه آدم یاد فیلم‌های آلمانِ نازی می‌افتاد. جلوی درِ تمام اتاق‌های بند پاسدارها صف کشیده بودند.

سکوت بود، ترس بود و انتظار و سؤال‌های بی‌جواب. هیچ‌کس نمی‌دانست چه اتفاقی افتاده و یا قرار است بیافتد. سرها پائین بود تا کسی با پاسدارها چشم تو چشمِ نشود.

پس از دقایقی پاسدار جلوی درِ سلول فریاد زد: «سرها بالا.» و عده‌ای نقاب‌دار جلوی سلول ظاهر شدند. نگاه تازه واردین نقاب‌دار که تنها چشم‌های‌شان معلوم بود، به‌روی چهره‌ی تک‌تکِ زندانی‌ها می‌لغزید و گاهی روی یک نفر تأمل کوتاهی می‌کرد. انگار دنبالِ کسی می‌گشتند: «تو... تو... تو...»

از هر اتاق تعدادی را بیرون کشیدند و از اتاق ما هم چند نفر را صدا کردند که فیروز جزو آن‌ها بود.

بعد از فروکش‌کردن این طوفان، پچ‌پچ‌ها و گفت‌وگوها آغاز شد. پس از بازگشتِ زندانی‌ها معلوم شد که «کوکلوس‌کلن»ها یا همان نقاب‌دارها از اعضاء و سران گروه‌های سیاسی بودند که تواب شده و برای شناسایی زندانی‌ها آورده شده بودند.

از آن به‌بعد فیروز بی‌قرار بود و عصبی. تقریباً پشت سر هم سیگار می‌کشید و گویی دائم نگرانِ چیزی بود. خواب به چشمش نمی‌آمد و اگر هم پلکش روی هم می‌افتاد با وحشت و ترس از خواب می‌پرید. شب‌ها می‌رفت توالت تا بتواند راحت سیگار بکشد. دیگر فیروز آن آدمِ همیشگی نبود.

سیگار پشتِ سیگار. روزها توی تخت دراز می‌کشید و به کف تختِ بالاسرش خیره می‌ماند. سعی می‌کرد خودش را از همه پنهان کند. دائم خودش را با نقاشی‌کردن سرگرم می‌کرد. به‌نظر من این مشغولیت برایش خوب بود. گاهی که فرصتی می‌شد و حالی داشت جویده‌جویده به من حالی می‌کرد که «کوکلوس‌کلن»ها او را شناسایی کرده‌اند و امکان دارد دوباره بازجویی بشود و مجدداً برای جرم‌های جدید به دادگاه برود و...

البته راجع به درجه‌ی اهمیت این موضوع حرف زیادی زده نمی‌شد. تا این‌که آن روزِ نحس رسید.

* * * * *

پچ‌پچِ زندانی‌ها که خیلی سریع به همهمه تبدیل شد و نبودنِ فیروز مرا نگران کرد. به سمت توالت‌ها دویدم. درِ توالت شماره دو باز نمی‌شد. انگار کسی آن را از داخل محکم نگه داشته باشد. از توالت بغلی خودم را به زور کشیدم بالا.

کفِ توالت چوب‌سیگار شیشه‌ای در گوشه‌ای افتاده بود با ته‌سیگار و طنابِ دست‌ساز و... جنازه‌ی فیروز...

از فیروز تنها یک نقاشی به‌جا ماند، نقاشیِ یک «لاله‌ی واژگون در یک دشت وسیع».

صبح فرارسیده و طلایه‌های زرد خورشید از دیوار پایین می‌آید، از آن عبور می‌کند و پهنای حیاط را می‌پوشاند. تعدادی از زندانی‌ها در هواخوری مشغول قدم‌زدن و تعدادی دیگر روی تخت داخل سلول ولو هستند و ضرب‌آهنگ زندگی همچنان ادامه دارد...

Ellipses of Rain

A collection of short stories

17 Stories by 17 Writers

Art and Literature Society

انجمن هنر و ادبیات